# प्यासा सच

AF765024

वंदना गिरधर

डायमंड बुक्स

ISBN : 978-81-288-3419-6





| | | |
|---|---|---|
| **प्रकाशक** | : | **डायमंड पॉकेट बुक्स (प्रा.) लि.** |
| | | X-30, ओखला इंडस्ट्रियल एरिया, फेज-II |
| | | नई दिल्ली-110020 |
| फोन | : | 011-41611861, 40712100 |
| फैक्स | : | 011-41611866 |
| ई-मेल | : | sales@dpb.in |
| वेबसाइट | : | www.diamondbook.in |
| संस्करण | : | 2011 |
| मुद्रक | : | आदर्श प्रिंटर्स, शाहदरा, दिल्ली - 32 |

PAYASHA SUCH..

*by: Vandana Gridhar*

# दो शब्द

प्यासी सारी कायनात है। प्यास गले को ही नहीं, प्यास आंखों में होती है, प्यास लबों को भी होती है, प्यास सारी काया के अंग-अंग में होती है। बस नजर किसी-किसी को आती है और वक्त रहते नजर आ भी जाये तो बेमतलब और बेवजह ही होती है, सबका अपना-अपना ढंग होता है।

सारी उम्र एक फरियाद पूरी होने की चाह वही प्यास हमारे खुदा को नजर आता है, लेकिन जब तक वक्त नहीं आता वो भी प्यासा ही रखता है। किसी के जवाब का इंतजार उसी आस में दिल में ठहरी हुई 'प्यास' को भी खुदा को ही पता होता है। ना जाने कितने और ऐसे और उदाहरण हैं, जो आप अंदाजा लगा सकते हैं।

मेरा ये संस्करण भी इंसानियत के ऐसे सच से ताल्लुक रखता है निखरा हुआ सच भी बिखर कर प्यासा रह ही जाता है। ना चाहते हुए भी सभी हिस्सों में सम्पूर्ण होकर भी समानता दर्शाता है। लेकिन प्यारा ही लगता है, क्योंकि हमें उसे प्यार से संजोना होता है और प्यार से ही उसे प्रकाश में लाना होता है।

आशा करती हूं कि इस संस्करण को भी आप सभी का उतना ही प्यार मिलेगा, जितना मेरे पिछले संस्करण को दिया।

ये मेरे लिए आगे बढ़ने की प्रेरणा है। जो आप लोगों से ही मुझे आर्शीर्वाद के रूप में मिलेगी तभी सफलता का साथ मुझे मिल सकेगा और मुझे आप सभी की जरूरत का अहसास दिलाता रहेगा।

आप सभी के सहयोग की अभिलाषी

**वंदना गिरधर**

# अनुक्रमणिका

# प्यासा सच

प्रकृति को अपने अपाहिज होने का दोष मत दो, क्योंकि आपकी अपनी सार्थकता उसको उजागर करती है कि आप प्रकृति के नूर से कोसों दूर हैं। आप ही वह अभागे हैं, जो प्रकृति का लुत्फ नहीं उठाना चाहते। किसी की कोई मजबूरी तो किसी की कोई, लेकिन ये भी सत्य है कि प्रकृति के सौंदर्य का अनुभव अपने प्रिय के साथ होना आवश्यक है। मजा दुगुना हो जाता है, साथ अपने चाहने वालों का होना अनिवार्य है और जरूरी भी। प्रकृति को और भी साक्षरता और परिपूर्णतया के साथ देखा जा सकता है। हमसफर का साथ और ईश्वर का आशीर्वाद और ऐसा संजोग किस्मतवालों को ही मिलता है, ईश्वर का आशीवाद फूल बनकर हमारे ऊपर बरसता है और यही प्रार्थना कीजिए कि बरसता रहे।

ये वही प्यास है, प्यार जितना भी मिले, फिर भी प्यास कहीं-न-कहीं रह जाती है, जो प्यारी भी लगती है।

# जादू

जादू होता है, सुना है, चलता है, ये भी सुना है लेकिन ना देखा ना भुगता, इसलिए ये अहसास भी प्यासा ही रहा। सिर्फ यही एक जादू जो दुनिया को आबाद किए हुए है, वो है मोहब्बत का जादू, गर मोहब्बत ना हो तो कोई मज़हब, महफूज ना होगा, कत्ले आम रोज़ाना बार-बार होगा। जो वक्त और खुदा दोनों के खिलाफ होगा। मोहब्बत का पौधा हर आंगन में होता है, किसी के व्यवहार में तो किसी की वाणी में, भिन्न-भिन्न रूपों में मिलता है। मगर यहां पर भी नज़र-नज़र का फर्क होता है, तभी तो हर इक को समझना गलत होता है। फिर भी एक दूजे को समझने तक के बीच में मोहब्बत का ही रास्ता होता है। जो अपने आप हर मंजिल और मुकाम तक पहुंच ही जाता है। मोहब्बत की परिभाषा महासागर की तरह है।

# वरदान

प्यार वरदान है, जो मिलता नहीं हर एक को, प्यार परवान है, जो चढ़ता नहीं हर एक पर, प्यार पुजारी की पूजा का साधन है, ये चरणामृत भी हर एक को नसीब कहां होता है। प्यार पुरस्कार है, जो शब्दों के रूप में तारीफ के साथ हमें मिले तो और हर उत्तीर्ण श्रेणी का मोहताज है, तभी तो हर एक की झोली में फूल नहीं गिरता। प्यार दर्द है, मगर मीठा है, तभी तो जान से प्यारा है। प्यार हर वक्त अपने प्यार के पास रहे, ऐसा नसीब भी हर एक का नहीं होता। प्यार अहसास है जो स्पर्श का कर्जदार है, तभी तो प्यार को पाने का ख्याल बार-बार आता है। आग़ोश से निकलने का मन ही कहाँ करता है, क्योंकि भावनाओं से जो अनजान होता है। पर्दा उठने का इंतजार होता है, कितना प्यार है प्यार का मन में हमारे लिए, यही जानने का मन भी तभी करता है।

# कर्म

ये जानते हुए भी कब शाम हो जाए इन सांसों की, सुबह, दोपहर, शाम, रात फिर भी सभी कर्म करते हैं। जाने-अनजाने परिणाम से परे। क्या कर्मों में भी धोखे हैं? वाह! ये कैसे हैं रास्ते। कर्मों के ताने-बाने से निकलकर फिर से कर्मों के ही जाल में फंसते है। अजीब हैं, तभी तो सुधार आवश्यक है। अक्सर दुनिया ये सोचती है, जो हो गया जाने दो। इसका परिणाम किस-किस पर किन-किन परिणामों के रुप में छाप छोड़ेगा, सोचकर करने में क्या हर्ज है। जल्दबाजी का निर्णय कोई भी अंजाम दिखा सकता है। निर्णय लेने में दिमाग और दिल दोनों का ही इस्तेमाल जरूरत से ज्यादा होता है, तभी जंग छिड़ना स्वाभाविक होता है। इंसान की सोच भी उसके व्यक्तित्व की झांकी दिखाती है और संस्कार भी।

कारणों का कोई अंत नहीं।

# अदा

दिन उगता है, सूरज चढ़ता है, धूप खिलती है, हवाएं खेलती हैं, किरणें पीछा करती हैं, और छांव संग आंख मिचौली भी करती हैं। हाय, कुदरत तेरी कितनी अदाएं हैं, जो कितनी प्यारी-प्यारी हैं। सोच के देखोगे तो उसी कुदरत में रम जाएगा ये दिल। हम भी बन पाते काश कुदरत के नजारे, डटे हुए पत्ते ही सही, सोचते ही सही नामुमकिन अगर मुमकिन बन पाता तो हम इंसान कहाँ कहलाते। न आते हम इस धरती पर और भगवान को भी मस्का लगाते आसमान पर, चलो अच्छा है, सिर्फ सोच है, पर सोच कभी हकीकत को कभी 'हां' तो कभी 'ना' के रूप में स्वीकार करती हैं

अपनी छाया किस-किस पर, कहाँ-कहाँ परछाई डालती है, ये भी कुदरत की भाषा की निशानी कहलाती है।

# सबूत

सवाल का उत्तर देने लायक हो तो जरूर दो। अगर आजमाईश है तो भी जरूर सफाई दो, और अगर लांछन है तो अनदेखा कर दो। तब भी सवाल पीछा करे तो लांछन सच कर दिखाओ या सबूत संग इसका उत्तर तमाचे के रूप में सामने वाले को दो सूद समेत। जब कहने वाले को शर्म नहीं तो सुनने वाला तो बेकसूर हुआ। सबका अपना-अपना तरीका है, मगर सामने वाले को न नजर आये तो इसमें क्या है खता। ये अंदाज भी पूरे संसार में बिखरकर अपनी भभकती प्यास को दर्शाता है, क्योंकि बेकसूर जो होता है। इसलिए उसे सामने लाने में कैसा डर।

# अकेला

जमाने से क्यों डरते हो? क्या जमाने का दिया खाते हो? समाज का भय समझ आता है, क्योंकि समाज संग ही निभाना होता है, ठोकरों के अलावा कुछ नहीं मिलता, जो सच के मुरीद होते हैं, उतनी ही बुरी मौत मरते हैं। बस यही फसाना समझ क्यों नहीं आता। ऐसा अच्छे लोगों के साथ ही क्यों होता है। सुनना कठिन है। मैं तो लिख रही हूं। कठिन से भी ज्यादा अनुभव करना उतना ही मुश्किल होता है। सच अकेला ही चलता है। कोई चाह कर भी साथ नहीं देता, और अकेले ही सब करना होता है, और ठीक भी है, अकेले हैं, अकेले ही जाना है इस दुनिया को छोड़कर। कोई माने या न माने, अकेला ही होता है हर इंसान।

# जुस्तजू

जुस्तजू को जान बनाओ, जान को अंजाम बनाओ, अंजाम को आगे तक ले जाओ। जो किसी ने न किया हो वो कर दिखाओ, जो जूनून की हदें पार कर जाये , मगर अपनी मर्यादा को भी ध्यान में रखे। जूनून को सर पर उछालो, अगर ज्यादा उछलेगी तो गिरने में वक्त नहीं लगेगा। दिल में न थमने वाली बैचेनी का जन्म भी उसी दिन होगा, और उस बैचेनी को खत्म करना, मतलब उसी जनून को वापस अपने पास बुलाना, आपकी परिभाषा आपकी जूनून की छवि तय करेगी। जूनून जन्नत का प्रतिबिंब है, तभी तो उसे हासिल करने की शक्ति भी देती है।

# आस्था

आवाज लगाओ, फरियाद करो, आस्था सच्ची होगी तो जवाब जरूर मिलेगा। नीयत में अगर जरा भी खोट निकला तो अंदाजा आप लगा सकते हैं। ईश्वर के जवाब मूक होते हैं। ये हमारी आस्था है, मगर इसका असर हम पर भी होता है और हमारे जीवन पर भी। ये भी हम सभी की आस्था है। दिखाने की जरूरत नहीं, अपने-आप सबको दिखती है और बताने की जरूरत नहीं, अपने-आप नजर आती है, और प्रभावित भी करती हैं। हैरान, परेशान और स्तब्ध भी हम सभी को करती है, और दुनिया भी इससे कहाँ बच पाती है। यही संसार की आधारशिला कहलाती हैं।

# पहाड़

पहाड़ों के दिलों की भी सुनो और समझो, गुहार लगाते हैं, मगर उनकी स्थिरता-अस्थिरता कुछ ही क्षणों की होती है। अपने अंदर न जाने कितने प्रहारों को सहती हैं, फिर भी उफ तक नहीं करती। यही तो उसकी नेक नियति कहलाती है। न जाने कितने कष्टों को सहकर प्रकृति के सौंदर्य की रक्षा हो पाती है, तभी तो पूजनीय कहलाती हैं। अगर प्रकृति का साथ न होता तो शायद इन आंखों को प्यासा ही रहना पड़ता। शुक्रिया करते हैं, हम अपने ईश्वर का, जिसने हमें इस धरती पर इन नजारों को देखने के लिए भेजा। न जाने क्यों फिर भी अतृप्त ही रहते हैं। ये इंसान की छाया ही होती है, जो प्यासी ही रहती है।

# इच्छा

क्या कोई अपनी इच्छायें सच में मारता है या फिर समझौते में बदलना उसका समर्थन होता है या फिर उन्हें पूरा होने की आस में जीवन के अंतिम छोर पर भी पहुंच जाता है। मगर प्यासी आंखों की तरह उनके अहसास भी प्यासे रहते हैं और गलने लगते हैं, तड़पते रहते हैं। मगर कोई हल ही नहीं ईश्वर की बनी हुई हर चीज, हर दिन, हर पल, हर लम्हा हम कबूल करते हैं, मगर वो हमारी सुनता क्यों नहीं। यही प्रश्न मुझे बहुत तंग करता है। कहते हैं वो देख रहा है कहाँ, कब और आज भी उसके उत्तर के इंतजार में नम होती हैं आंखें मेरी।

शायद इंतजार में ही कोई नजराना छिपा हुआ है, जो सिर्फ ऊपरवाले से ताल्लुक रखता है, जिसे हमें जानने का कोई अधिकार नहीं है।

# अलौकिकता

सामाजिक वार्तालाप में हम कितने भी धैर्यपूर्ण और गुणवक्ता क्यों ना हों मगर कहीं न कहीं शब्दों में अलौकिकता नजर आ ही जाती है। कहीं ना कहीं हम यही कोशिश करते हैं सामने वाला हमसे कितना प्रभावित हो रहा है या होगा। अलग-अलग मायनों से हम एक-दूसरे के दिलों को अपनाने की कोशिश करते हैं फिर भी नाकाम ही रहते हैं। ज्यादा नहीं तो थोड़े बहाने, औपचारिकता हर नागरिकता का अस्त्र-शस्त्र दोनों ही रूपों में रोजमर्रा में काम आ ही जाता है मगर दिल की भावनाओं से कहीं दूर होता है, क्योंकि इसका उजागर होना भी एक समय पर निश्चित होता है। यहां जो दिखता है, वो ही सच माना जाता है। बस वक्त का हेर-फेर है।

# हार

अपने-आप से इंसान जब हार जाता है तो धक्का लगता है और अंदर ही अंदर रोज एक नयी मौत से लड़ता है। चाह कर भी नहीं छोड़ पाना अपनी जिम्मेदारियों को, क्योंकि हमारी पहचान का प्रतिबिंब उन्हीं से है, शायद इसलिए लड़ने का मजा भी आता है। जबकि उन्हीं का कहर लालायित करता है, यही सब सोचने पर इतने बरसों में भी कुछ अन्य लोगों को खुश नहीं रख पायें हम। कठिन से कठिन परीक्षाओं, रूठने मनाने के सिलसिले, दुत्कारे जाने पर भी अपनाने की ख्वाहिश, सच्ची-कड़वी बातों का विवरण, पुरानी बातों के लिए पश्चाताप, सब अधूरा ना जाने क्यों।

# अद्भुत

कितना अद्भुत है ये जग सारा। यही कारण है, जो जीवन जीने की शक्ति देता है। अपनों की चाह, अपनों का साथ, अपने प्रियजन, कभी शिकवा, कभी गिला, मां की छाया, बाप का साया, बहन-भाइयों का प्यार-तकरार, प्यारे-प्यारे लम्हों की यादगार, तस्वीरें, भावनायें, जीवन यही तो है और सभी जीते भी हैं। सच ही तो है, ये सब जीवन यही है, अपने की मुस्कराहट के रोजमर्रा का संघर्ष, उनको अपना बनाने के लिए अंदर ही अंदर समझौते का प्रण और कोशिश को सफल करने का हर पल प्रयास। अच्छा भी लगता है और प्यारा भी। सच इक यही है, अद्भुत ही सही।

# आश्चर्यजनक

हर आंख में सपने और हर दिन की तरह आंखें खुलती हैं और उन्हीं लोगों के बीच अपनों को जानने की चाहत, किसके अंदर कितनी मोहब्बत, किस बात पर गुस्सा, किन कारणों से वातावरण बोझिल और गुमसुम सा, सारा दिन क्यों होता है। हर चीज सोचने को दिमाग और दिल दोनों तैयार हैं, उनके हल भी बेशुमार हैं। लेकिन आसान नहीं है। बदलना हर इक को नामुमकिन है, तभी तो अपने को बदलने की शक्ति मांगते हैं। रब से अपनों के लिए, अपनों की सहानुभूति, खुशी का कारण, किसी की डांट से परिचय होना, हर इक दिन का नया अहसास, अनुभव बहुत आश्चर्यजनक लगता है, फिर भी यही सोचता है, क्या जरूरी है, शायद 'हां' क्योंकि दिमाग का चक्र भी हमारे ही इर्दगिर्द वापस हमारे जहन में ही आता है।

# सौदागर

सपनों के सौदागर, रात के फरिश्ते, दिखला जाते हैं, चाहे झूठे ही। लेकिन खुशी तो दे ही जाते हैं, पर ना जाने रात ही को क्यों आते हैं। शायद ये तो आंखों की धरोहर, सपनों को भी नहीं पता। दिन में दिखलाओ, अपने सच की शक्ति, उम्मीदें तुम्हीं से हैं, अब कर लो वादा इक खुशी को पूरा करेंगे, हमारी रूह ही सब कुछ मांग रही है, पूछ रही है। अपनों से निकलना बहुत मुश्किल होता है क्योंकि सोच का दायरा जो बिखरा होता है और दायरे से बाहर भी, तभी तो इनका अंत अधूरा और प्यासा दोनों ही रूपों में असफल रहता है। पल में पलक का सारा कचरा आंखों की झपकी के साथ बह जाता है।

# बंधन

कौन किससे क्यों जुड़ा है, क्योंकि बंधा हुआ है। बंधन जरूरी है, माना इंसान की पहचान भी इन्हीं से बंधी है, वरना अधूरी है, क्योंकि हर कहानी और किरदार का शुरू और अंत जरूरी है। जीवन जीने के लिए बना है। सो 'जियो' जंजीर न बनें, बस इस बात का डर भी लगता है। किस दिल में क्या पनपता हैं, सोचना बेतुका काम है। दिल ईश्वर का घर है, पवित्र रखना, मैला नहीं, बस सचेत रहना। दिल संग खेलोगे तो जख्म खुद को भी मिलेंगे, क्योंकि दर्द देकर कोई खुश नहीं रह पाया। अपनी करनी का फल मिलता है, कभी न कभी किसी न किसी रूप में खुद ही के सामने और जता के जाता है, आपकी अपनी गलतियां, जिसको आप भूलना चाहते हो, भूल भी जाते हो।

# ज़रूरत

ज़रूरत ज़रूरत से ही पूरी होती है। हमें ज़रूरत किसी की होती है, क्योंकि उसे हमारी ज़रूरत जो होती है, तभी तो हमारी ज़रूरत बनती है। जताने की अहमियत भी तभी होती है, क्योंकि ज़रूरत बिना जिंदगी दिशाहीन होती है इसलिए ज़रूरत ही जीने की नींव कहलाती है और इसी नींव पर हम जीने के लिए नियम भी बनाते हैं और ज़रूरत को पूरी करना इंसान की नियति होती है। कई रूप है, आप सब परिचित हैं और उसी से बेखौफ भी। तभी हर समस्या का हल किसी न किसी जरिये से हर ज़रूरत का रास्ता और उसे पूरा करने के लिए समाधान निकाल ही लेते हैं।

# सहारा

अगर सपनों पर रोक लग गयी तो रातें तन्हा और वीरानियों से भरी होंगी। सोच कर देखो सहम जाता है दिल। यही सोचकर सपनों पर क्या अंकुश जरूरी है। ये बात एक वास्तविक मत है, मगर इससे रुबरू हुए तो जीने के लिए हम किसका सहारा लेंगे। सीमित सोच में तो हम किसी भी इंसान का मन नहीं जा सकते हैं सो उन्हें खुला छोड़ देना चाहिए। जीने के लिए सपनों का सहारा ज़रूरी भी है और जरूरत भी दोनों का इस्तेमाल बखूबी होता है। रातों को बांटने के लिए बंद आंखों में ही सपनों को साकार करने के लिए सहारा होना जरूरी है, कोई बुराई नहीं।

# दूरियां

फूल और पत्तियों में दूरियां जरूरी होती है, क्योंकि शाखाओं का उन पर अधिकार होता है। फूल चाहकर भी पत्तों के साथ नहीं खेल सकता। खेलना पत्तियों की भी जरूरत होती है क्योंकि ये नियति के अंदर होती है। फूलों को दूर ही से निहारकर वो आहें भरता है और अपना परिचय गर्म हवाओं संग उड़कर वक्त-बेवक्त देता रहता है। फूल सब देखता है। अपनी हंसी, अपनी बैचेनी, अपनी बेरुखी, अपनी तन्हाईयां सिर्फ एक जरिये से झुकाकर दे जाता है जिसे देखकर हम समझना तो बहुत कुछ चाहते हैं, मगर समझ नहीं पाते।

# आशियां

आशियां बनाने और बसाने निकले थे, नहीं जानते थे कि बेघर हो जायेंगे। जीत की एक किरण भी दिखी। सुबह से रात तक का था सफर, तलाश लगातार कदमों को प्रेरित कर रही थी। एक घरोंदा ही मिल जाता, सपनों में ही घर बना लेते तो क्या जाता सबका, मगर अपने ही सफर से अनजाने थे और मंजिल को ढूंढ़ रहे थे। बहुत कशमकश में था ये दिल कभी जमीन और कभी आसमान की ओर करने लग पड़ा था अब ये दिल जबकि दोनों का फरक मालूम था, लेकिन सब कुछ दायरे के अंदर ही था, फिर न जाने क्यों भयभीत था ये दिल।

# यादगार

कौन, किसे, किस रूप में देखता ये तो इंसान का जहन ही जानता है। कुछ अपना प्यार देकर यादगार बन जाते हैं। कुछ प्यार ले के उन्हें याद रखते हैं। कुछ अपना प्यार छोड़कर कुर्बानी देते हैं, कुछ वादा करते हैं और निभाते हैं। कुछ तसल्ली देकर इंतजार करना छोड़ जाते हैं। सिलसिला एक के बाद एक का जारी रहता है और जिंदगी का दौर और साथ जुड़ जाता है। इसे खुद भी पता नहीं चलता और जिंदगी का अंत भी आ जाता है। खुद ही को वक्त के हाथों से फिसलते हुए बस ताकता रहता है। जबतक वक्त की अहमियत का पता चलता है, तब तक बहुत देर हो चुकी होती है।

# खारापन

आंखों ही आंखों में कई सवाल उठते हैं, क्योंकि बेजुबान होते हैं और अंदर ही अंदर जवाब भी मिलता है, क्योंकि खुद ही से जुड़े होते हैं और साधारण होते हैं। इसलिए आंखों का पानी आधा खारापन दिखाता भी है और अपने स्वाद से भी वाकिफ करा देता है। आंसू बहकर लबों तक आते हैं और फिर यही महसूस भी होता है, जो तुम्हारे लिए बना ही नहीं था उसे अपना बनाने की जरूरत ही क्या। क्योंकि अपने ही किए पर पछताते हो और दोष भगवान को देते हो। जुर्म करने से पहले उसको भी संवारा और मुक्कमल बनाया जाता है। सोच-समझ कर कार्य करेंगे तो अव्वल नहीं तो उत्तीर्ण तो हो ही जायेंगे।

# पल

कुछ पल भुलाये नहीं भूलते, क्योंकि हम उसे भुलाना नहीं चाहते। कुछ लम्हें यादगार होते हैं और हम उसे भूलना नहीं चाहते, क्योंकि इससे पहले हमने ऐसे लम्हें जियें ही नहीं होते। कुछ रह-रहकर याद आते हैं, क्योंकि उस जैसी कई समानताएं कई रूपों में हमें हर रोज दिखती है। कुछ इंसान इन्हीं सब का चित्रण होते हैं, तभी वो हमारी जिंदगी में हमेशा शामिल रहते हैं और अपना दायित्व निभाकर वो भी चले जाते हैं। सब कुछ निर्धारित होता है और सब अपना-अपना रोल अदा करके चले जाते हैं और हम बस उन्हें याद ही करते रहते हैं।

# जीवन

जीते जी जीवन थम सा गया, कुछ अनुभव के बाद ये प्रतीत भी हुआ, कसूर हमारा ही है। एक ही इशारे पर जीवन उदासीनता की चरमसीमा पर पहुंच जाता है, शायद कसूर हमारा ही है तो हम व्यक्ति को दोष क्यों देते हैं। सारा किया-धरा हमारा ही होता है। इसमें भी खुदा का इशारा होता है। फिर भी ना जाने क्यों खुदा से खफा होते हैं। जिंदगी हमें गलती सुधारने का मौका देती है, मगर दिल से कौन जीत पाया है। दिमाग झेलता है और दर्द दिल से होता है, सो हम अपनी मर्जी से उदास भी रहते हैं और खुश भी।

# रीति-रिवाजों

रीति-रिवाजों में अक्सर बहुत ध्यान देना होता है। ये भी एक अलग आनन्द होता है, क्योंकि जरूरी और अहम होता है और सबसे परे हमारा दृष्टिकोण होता है। ये हमारी पहचान का आईना होता है और आने वाली हर इक नयी पीढ़ी का भविष्य होता है, तभी तो फलता-फूलता और हमेशा कायम रहता है। कुछ के लिए मिथ्या कहलाता है, मगर उसको नकारना उसको भी नामंजूर होता है, क्योंकि ये उनकी अपनी संस्कृति का अपमान होता है। अपनी संस्कृति का अपमान होता देखना हर भारतीय के लिए बहुत नाइंसाफी है, इसलिए जिंदा और जिंदा रहेगा, भी। तभी अमर कहलाता है।

# जख्म

हमको भी यादें सताती हैं, किसी को क्या पता जरूरी नहीं वो यादें सिर्फ प्रेम से ही जुड़ी हो, कुछ नफरत और कुछ जख्म रह-रहकर ये जताते भी रहते हैं, आज वे खुश हैं और वह अपने ही गुनाह से अनजान हैं क्योंकि सच से परे होते हैं। जिनके जख्म आज भी जिंदा हैं और जिंदा रखना भी चाहती हूं शायद नफरत और जीवन से निकालने के लिए जरूरी है। बेवजह गलतियों की सजा किस तरह इंसान को तोड़ देती है। मुझसे बेहतर कोई नहीं जानता। मगर परिस्थितियां कुछ हद तक संस्कारों से जो बंधी होती हैं। तभी तो माफी देना और माफ करना हमारे संस्कारों के प्रतिरूप हैं।

# अंदाज

रौनक अंदाज में थी, अरमान कुछ मांग रहा था, मगर पूरा होगा या नहीं, यही डर लग रहा था। ये डर मेरा नहीं सबका होता है, बस सबकी मांगों और मांगने के तरीकों में फरक होता है। काश ये सिलसिला चलता रहे, क्योंकि मांग भी अपनी मन्नत पूरा करने का इंतजार करती है और जब पूरी होती है तो खुशी का अहसास बयां नहीं हो सकता। बस ईश्वर हमारी मन्नत को दुत्कारे नहीं, पूरा करते रहें। यही संदेश ईश्वर तक पहुंचाने का दिल भी करता है। कहीं तो चूक होती ही है शायद। नहीं तो ईश्वर हमारी बारी में क्यों विश्राम करने लगता है।

# विपरीत

दो अनजान चेहरे ऐसे बंधन में बंधते हैं, जिसे हम शादी, ब्याह, गठबंधन जैसे शब्दों में संजोते हैं। लेकिन भगवान ही उनके रक्षक होते हैं। सोच कर हैरानी होती है, ईश्वर ने ऐसे-ऐसे रिश्ते संवार दिये, जो एक-दूसरे के पूरक, विपरीत सोच, दूर-दूर तक मेल-मिलाप का कोई अंदेशा तक नहीं, लेकिन अपनी जिम्मेदारियों, अपने कर्तव्यों को प्रत्यक्ष रूप देने के लिए हमेशा सबसे पहले कुछ ही खड़े होते हैं। सही व्यक्तित्व यही कहलाता है, जो अपना जीवन भूलकर बस अपने कर्तव्यों को निभाते रहे और क्या चाहता है ये समाज उनसे। जान-बूझकर परखता है, खुद को भूलकर जीना शायद एक उम्र भी सिखा देती है और इंसान सीख भी जाता है, शायद यही तर्जुबा कहलाता है।

# साथ

सूखे हुए पत्ते से पूछा किसी ने, क्यूं नाराज है वो कुदरत से। अपनी नाराजगी को जताते हैं, अलग-अलग रूपों में। कोई ध्यान देता है और कोई नजरअंदाज कर देता है। अगर पीछे मुड़कर देखो तो हमारा भी अतीत कहीं न कहीं इन्हीं जैसा रहा होगा। मगर भूल नहीं पाता, अपने किसी भी पल, वक्त को तभी तो आज में हमारा अस्तित्व बना रहता है और आने वाले कल पर भी प्रभाव पड़ता है। कुछ देर का गम प्रकृति के साथ जब बंटता है, तो दोबारा वापस उसी लम्हें से वापस आने का मन नहीं करता। राहत भरी आह निकलती है और मुस्कराहट भी दे जाती है आंगन रूपी चेहरे पर।

# साँस

साँसों का सफर कभी भी थम सकता है, रुक सकता है या कभी भी दगा दे सकता है। दुर्भाग्यवश साथ यहीं है और इसी सच से सभी कतराते हैं। पता नहीं क्यों! कोशिश कीजिए, जो हंस कर बीत जायें और कोशिश की जाए, हर लम्हा हम किसी को खुश भी कर जायें। मगर नामुमकिन है ये, क्योंकि हमारा विचार सही है खुशी देना, मगर उस विचार के ऊपर असर और उसको अपनाना ये किस-किस को भाता है ये कहना मुश्किल है इसलिए तो अतृप्त, अधूरा, अवर्णनीय, असहाय, अविकसित बहाने सारे ऐसे कारण है, जो सबकी सोच पर निर्भर करते हैं अपने-अपने तरीके से।

# वक्त

वक्त–वक्त की बात है, तुमसे बढ़कर कुछ नहीं था। आज हो तुम किसी और के, इस वक्त का नहीं था पता। वक्त को करीब से देखा ना था, तुम दूर हुए तो जाना क्या हो तुम मेरे लिए। वक्त के गुलाम हो जायेंगे हम, ये हमको भी पता नहीं था, क्योंकि वक्त से ही तुझको मांग रहे थे। वक्त ने ही तुझको छीना था मुझसे। वक्त की मार का अहसास तभी तो हुआ, जिसके लिये हम कुर्बान हुए जा रहे थे, वही हमारे लायक नहीं था। प्यार पागल भी करता है और इंसान होता भी है, मगर प्रतिबिंब दीवानगी ही कहलाता है।

# मिट्टी

कभी मिट्टी को हवाओं से लड़ते देखा है, सबने देखा है, मगर उसे समझा किसी ने नहीं, सिर्फ मजाक में उड़ा दिया। मैंने भी देखा, जब हवाओं को गुस्सा आता है तो आंधी का रूप ले लेती है और न जाने कितना गुस्सा बेकसूर पर निकाल भी देती है। अजीब लगता है। इंसान भी तो कुदरत के खिलाफ जाता है और न जाने कितने प्रहार कभी रोते-तो कभी हंसते हुए इंसानों पर ही तो करता हैं। इंसान ही इंसान का दुश्मन क्यों? ये भी तो अपराध है, लेकिन जानते हुए भी सभी करते हैं। कहीं का गुस्सा कहीं पर निकल ही जाता है।

# भड़ास

ईश्वर से कई बार बाते करने का मन करता है, खूब चिल्लाने का मन करता है। इंतजार में भी मजा लेने का मन है बड़ा। दुनिया से दूर हर खुशी हर गम जताने का मन है बड़ा। मगर शायद भगवान सच्ची-मुच्ची पत्थर के ही हैं। कभी-कभी तो यही लगता है, लेकिन फिर भी भड़ास निकालने का मन है बड़ा। सुंदर, सुसज्जित आसन पर विराजमान देवी-देवताओं के साथ गपशप लड़ाने का मन है बड़ा। मगर फुर्सत नहीं है, ईश्वर के पास भी शायद, तभी तो रोज एक ही फरियाद को बुलवाने में बहुत मजा आता है उसे, यही फरियाद रुबरू कराने का मन है बड़ा।

# ज़मीर

ज़मीर हर इक का सच्चा होता है, हर इंसान कहता है। मगर फिर भी कहीं न कहीं उसे भी समझौता करना पड़ता है और अपने ही ज़मीर को मारना भी पड़ता है। जब चारों तरफ से निराशा ही निराशा हाथ लगती है तो सिवाये हाथों को माथे पर लगाकर सोचने के अलावाा कुछ नहीं सूझता और घूमकर फिर वहीं का वहीं चक्र आकर मध्यांतर रुक जाता है, बस यहीं आकर चूक भी जाता है और हार भी जाता है इंसान। शायद यहीं पर आकर ज़मीर गवाही भी देता है। काम कोई भी हो, जमीर कोई भी हो, उसमें कहीं न कहीं मिलावट भी होती है। इसलिए फैसले में देर भी लगाता है।

# आलोचना

तारीफों के शब्द अगर मिल जायें तो हर प्रकार की आलोचना का सर्वनाश हो जायेगा। मगर आसान नहीं है। तारीफ भी तभी होती है, जब उसमें ऐसी गुणवत्ता हो। शब्दों को शब्दों से मिलाकर जबरदस्ती खींचा-तानी कर लंबा करोगे तो अंत में हार ही जाओगे। क्योंकि आप ही अपने कहे शब्दों का अर्थ जानते हैं और इसके पीछे भी वजह आप खुद ही हैं। इसलिए न तो आप इनके विपरीत जा सकते हैं और न ही गलत समझ सकते हैं। मगर रहा तो मिलावटी काम ही न। वक्त के साथ मिलकर चलने में ही समझदारी है। विपरीत राहें, कांटों और कटाक्षों से भरी जरूर होती है पर मंजिल पर जरूर पहुँचती हैं।

# शब्द

शब्दों के गहरे सागर में अगर डुबकी लग जाये तो हम भी शब्दवाचक कहलाते। शब्दों का जाल या शब्दों का वार दोनों का ही महत्व है, अपने-अपने जीवन के अनुसार। कोई शब्द देकर जीतता है, कोई शब्दों से जीतता है। शब्दों को सहारे की जरूरत पड़ती है और जीभ मात्र स्वाद के लिए शब्दों का चयन करने में भी कई बार दुर्घटनाग्रस्त होती है और यही संकेत देती है। संभलकर चलने के बाद इतना जरूर सोचिएगा कि आपके शब्दों का तिरस्कार न मिले तो संभलकर बोलने में क्या हर्ज है। शब्दों का सागर हर इक के अंदर है, फिर भी डुबकी लगाने से डरता है या कतराता है।

# तोहफा

तोहफों को बटोरना हर किसी को आता है, क्योंकि तोहफा एक ऐसा बंधन है, जो बिना अवसर भी हमें सौगात और याद दोनों देता है। कुछ तोहफे दिल से होकर दिल तक जुड़ते हैं। कुछ तोहफे रिश्तों के स्वरूप कहलाते हैं। तोहफा प्यार का ऐसा कण और ऐसा क्षण बन जाता है, जिसे देखकर और संभालकर हम सारी जिंदगी निकाल सकते हैं। कुछ कीमतों में ज्यादा दिलचस्पी लेते हैं, दुर्भाग्य ही यही है, भावनाओं का भी मोल लगाकर स्वीकारा जाता है। सच्चाई तो यही है, जिस दिन पैसा हर भय की धरोहर कहलाना और जतलाना बंद हो जाएगा, उस दिन से धरती स्वर्ग और रिश्ते बेदाग हो जाएगें। पैसा हर चीज खरीद सकता है, उससे जुड़ी भावनायें नहीं।

ये मेरा सोचना है और आपका?

# रुसवा

अपनों के द्वारा प्रताड़ित होते हैं, रुसवा होते हैं, दुत्कारे जाते हैं, ये आम दिनों का खेल है और रोज की दिनचर्या भी। वहीं दूसरी ओर दुनिया द्वारा ख्याति  पाते है, सम्मानित होते हैं और प्रिय भी कहलाते हैं इसमें भी अपने प्रेरित न हो पायें तो तकलीफ तो होगी। क्या ख्याति, क्या सम्मान जब अपनों का संग ही न हो तो क्या करे इंसान। एक अनचाही हंसी जो, सिर्फ तकल्लुफ कहलाती है। हमें उस खोखली हंसी को अपनाना ही पड़ता है। इसके अलावा कोई चारा नहीं होता। सोच के आंगन में इस खेल का मजा है और चुनौतियों का तकाज़ा भी।

# चरित्र

चरित्र का तोहफा हमने खुद संजोया था, उससे बड़ा कोई और गरूर हमारे पास न था, न है, न होगा। बहुत कोशिश करता है ये जग सारा, दाग लगाने का मौका ही नहीं गंवाना चाहता। यही पर तो खुद को सर्तक रखना और रब से सहारा मांगना पड़ता है और प्रभु सहारा बनकर, हमारा साया बनकर रहते हैं, क्योंकि इस समय वही अपना होता है। अपनों के बीच में भी सुरक्षित नहीं है चरित्र। सच्चरित्र सीता जी को भी नहीं बख्शा। इस बेदर्द दुनिया और अंधी दुनिया में तो हमारी औकात ही क्या। चरित्र को संभालना बहुत जरूरी हैं। जरिया अपने आप ऊंचाइयों तक ले जायेगा।

# खास

खास की महत्ता तब बढ़ती है, जब वही खास उस पर बनी अपनी महत्ता दर्शाता भी है और दिखाता भी है और बस वही एक बन जाता है हमारे दिल का ताज। जिस पर से नजर उठाना अपने बस में भी नहीं रहता, क्योंकि वही इक खास आपकी जान, मान और न जाने क्या-क्या बनने लगता है, क्योंकि वो हर इक शय में हमें भी महत्ता और महत्व दोनों ही देता है। सोचिए, अजीब लगता है, जब एक अजनबी खास होता है हमारे लिये और हम भी यही दर्शाते हैं। इसलिए खास एक ऐसा रिश्ता है, जिसे जताने की भी आवश्यकता नहीं क्योंकि वो दिखता है, दिखावे से जो परे होता है, वो निस्वार्थ है, क्योंकि स्वार्थ हर किसी की ढाल नहीं होता।

# स्वरूप

प्यार का स्वरूप खोजा और अपनों के बीच एक ऐसे प्रतिबिंब को भी संग न पाया। ये कैसा साया था, जो साथ तो था, मगर अहसास से बहुत दूर था। होता है, कई बार ऐसा कुछ चाहकर भी साथ नहीं दे पाते, कहने को हमसफर कहलाते हैं। कुछ चाहने पर भी साथ नहीं चलते, कहने को हमकदम कहलाते हैं।। बस सारी तमन्नाएं प्यासी और आधी ही रह जाती हैं और अधूरा रहने की आदत डालनी पड़ती है। कोई हर्ज़ नहीं इस दुनिया में मगर प्यार और जिम्मेदारियों को तोला जाये तो जिम्मेदारी का पलड़ा ही भारी होता है।

सो समझिये और परिपूर्ण कीजिए बस।

# कटाक्ष

अजीब लगता है, जब कोई किसी के चरित्र पर उंगली उठाता है, जबकि सच से हर कोई अंजान होता है। वजह कोई जानना नहीं चाहता और ना जाने कितने नामों से अलंकृत कर देता है, ऐसे इंसान को जिसके बारे में कोई कुछ भी नहीं जानता। आप सभी को पता है- वाह री दुनिया अपनों को जानने की कोशिश भी नहीं करते। दूसरों पर बिना वजह कैसे कटाक्ष कर सकते हैं दुनिया वाले। सबसे पहले तो आप अपने आप से पूछिए, क्या आप संपूर्ण है। तभी आप हक रखते हैं किसी के बारे में कुछ कहने का। अस्त-व्यस्त मत रहिये, मस्त रहो, व्यस्त रहो।

# कद्र

कोई किसी से भी प्यार करे, जब तक सामने वाला उसके प्यार की कद्र नहीं करेगा, कोई फायदा नहीं होगा, हर बार उसके प्यार का अपमान होगा और प्यार करने वाला उसी से प्यार करेगा। बहुत हिम्मत चाहिए, जलील होकर भी प्यार करने और साथ रहने में। प्यार के आगे अच्छे-अच्छे हार जाते हैं, जब दिल आता है, किसी पर तो पता चलता है। जुदाई, डर, और न जाने कितने ऐसे अहसास जो हमें ऐसी शक्ति देते हैं। जीने की शक्ति और मरने की सोच को भी आसानी से टाल जाते हैं। बहुत बहुमूल्य है ये प्यार, अनगिनत रूपों में जो सदा अमर रहेगा।

# आदर

सहारा हर एक को चाहिए। हर एक के ऊपर एक आदरणीय शख्स होता है, जो यह दिखाने में सक्षम होता है और जिसे गुरु कहा जाता है। हमारे लिये उसका महत्त्व माता-पिता से भी ऊंचा होता है, क्योंकि हमारी ही संस्कृति का ये दायित्व होता है और उसी के द्वारा दिखाये गये मार्ग को हम अपनाते हैं, जिसमें आपके अपने लिये किसी की भी तारीफ का मिलन नहीं होता, जो होता है, दूसरों के लिए होता है। गुरु के भी कई भाव है, कई तरीके हैं, कोई व्यक्ति विशेष तभी कहलाता है, जो आपकी सोच से अनगिनत संख्या में भी ज्यादा निर्मल भाव से सोचे तभी आप उन्हें गुरु होने का दर्जा देते हैं।

# प्यासा

आसमां के तारे, दिन के नजारे जब-जब छुपे तो दिखे इस धरती पर बन के दायरे। अजनबी अनकही साये के सहारे जो कुछ दूर चले गये और गुम हो गये और हम ढूँढ़ते रह गये और हमने कोशिश भी नहीं की। भाग्य में कोई ना था हमारे हमने ये मान लिया था। पर प्यास पानी से बुझ सकती है, लेकिन आंखों की प्यास का क्या। वो जिस नजराने के लिए जीना चाहती है या जी रही है, वो तो दूर है और दूर ही रहेगा। अजीब इत्तफाक है और अमूल्य भी है, सभी के साथ होता है, यकीन नहीं होता।

सच्चा प्यार हमेशा गलत इंसान से होता है और अगर सही इंसान से होता है तो गलत वक्त पर होता है।

# आध्यात्मिक

मौन रहना आध्यात्मिक है, उसी में सोच का महासागर होता है। फिर भी कुछ लम्हों को अपने लिये निकालना चाहता है, कोशिश करता है, ये भी जीने का एक हिस्सा है, न जाने क्यूं गलत कहलाता है। दुनिया हमारी रक्षक है और करती फिर भी अपमान है। शायद कसक होने का अहसास भी यही दिलाती है। आस प्रभु की रहे, हम सभी को उसी के सहारे की आवश्यकता है, जो सारे जग का रक्षक कहलाता है और रक्षा करता भी है। मौन वो ताकत है, जो सामने वाले को धिक्कारती है और जीत कर हारने का अहसास भी जताती है। चुप रहने की शक्ति भी किसी-किसी में होती है, ये मेरी सोच है, क्योंकि इसी सोच को सच मानने में भी ये दुनिया देर ही लगाती है।

# महासागर

कभी-कभी रिश्तों का जाल बहुत चिड़चिड़ा कर देता है। जबकि रिश्तों का महासागर न जाने कितनी लहरों को अपने अंदर सुरक्षित समेटे हुए हैं। एक समय ऐसा आता है जब सब शांत हो जाता है और तब लगता है क्यों जीना चाहते हैं हम। सब कुछ सामान्य होने के बावजूद भी कुछ न कुछ, कहीं न कहीं अधूरा ही लगता है। एक अनजाना व्यक्तित्व इक दूजे से परिचित होता है तो अच्छा भी लगता है, क्योंकि जिम्मेदारी एक ऐसी सीढ़ी है, जो हमारा दायित्व हमें जताती है, जिसे हम टाल तो सकते हैं, मगर भाग नहीं सकते।

# अस्थिर

मन अस्थिर होता है, बैचेनी के कारण पल में लबों को हंसाता भी है और अंखियों को रुलाता भी हैं। पल में स्तब्ध भी करता है और बंधन तोड़ने पर मजबूर भी करता है। चाहने से अब क्या होता है, ये तो मा ख्याल ही होता है, मगर रब का साथ बहुत जरूरी होता है। अकेलेपन की आदत है हमें, खुद ही पर तिलमिला जाते हैं हम इससे। किसी को क्या फरक पड़ता है। दिल दरिया है और झरने की तरह बहता है, तभी तो दिल में दिलबर रहता है, जो अलग होने को तैयार ही नहीं होता है। यही तो फरक हर इक से अलग कर देता है। इस दिल में सायों का लगा मेला होता है। पर प्यार मिलना और पाना कहां आसान होता है।

# शून्य

हम वजह किसी और की बने या आप हमें अपनी वजह बना लें, कोई फरक नहीं पड़ता। मतलब तो जीने से है। उसमें अपने आप का आकलन करना और किस तरह से करना, हमारी अपनी समझदारी है। हालात एक ऐसा त्रिकोण है, जो हर मोड़ पर विचलित कर सकता है। मगर हममें ऐसी शक्ति होती है जिसे हम इस्तेमाल करना चाहते हैं, मगर जरुरत से ज्यादा हर चीज हानिकारक होती है। कभी हंसने का आनंद, कभी बेवजह मुस्कराहट, कभी उदासी का अनुभव और कभी बेवजह आंखें भीगी होने के अहसास को समझ नहीं पाते, हम क्या हैं। हम अधूरे विचलित क्या चाहते हैं, शुन्य हो जाता है ये दिल।

# अजीज

रिश्ते अजीज होते हैं, तभी दिलों पर राज करते हैं, ये बंधनों के सौदागर कहलाते हैं। तभी तो एक-दूजे के मोह में बंधे होते हैं। बंधन प्यार  से फलता-फूलता है, तभी संपूर्ण और परिपूर्ण कहलाता है। निभाने के लिए कोई शर्त नहीं, निभाने में औपचारिकता होती है, मानती हूं, मगर हर कोई इसका भागीदार नहीं कहलाता। अपनों की तरह बरकरार रहती है। लेकिन कई रिश्ते अपनों से भी बढ़कर होते हैं। बहुत कशमकश है, जिंदगी जीने में भी और जिंदगी दिखाने में भी। सबका अपना-अपना मत है। सोचो तो बहुत कठिन, सोचो तो बहुत सरल। मेरे लिए हृदय से जुड़ा इक सच्चा स्पर्श, जो बहुत कुछ करना और पाना चाहता है, मगर भयभीत रहता है, क्यों नहीं मालूम।

# पहलू

जिंदगी का हर पहलू हमारे हर गतिविधि का आकलन होता है। जिनमें हम अपने आपको इतना घुला देते है कि बाहर की दुनिया से नाता टूट जाता है, किसी को अच्छा और किसी को बुरा लगता है। मगर इतना सोचने का वक्त किसी के पास नहीं है। अपने ही चिन्ह हमें अपना अतीत याद दिलाते हैं, जो हमारे प्रत्यक्ष होते हैं और उसी में हम आनंदित भी होते हैं और उदास भी। कभी सोचकर डर जाते हैं, आने वाला कल क्या होगा, कैसा होगा, हमारे ही करमों का अनुभव होगा, तभी तो ये दिल अपने-आप से प्रभावित भी होता है और कभी अप्रभावित स्वीकार करना पड़ता है।

# रूबरू

हर को अपना चेहरा चहेता होता है, तभी सारे दावों का आना-जाना आपको आकर्षित करता है और आर्कषण भी देता है। चाहे वो किसी के लिए कोई भी उत्तरदायित्व की कसौटी पर आंका जाता है। जिस दिन रूबरू जिंदगी तुम्हें अपने अतीत से परिचय कराये तो अनदेखा मत कीजिए, क्योंकि चेहरे का भावों के साथ होना एक क्रिया के समान सजल है। सोचोगे तो अपने आप समझ जाओगे। हर इक का माझी होता है। आज का मुकाम, आज का भाव आपके चेहरे पर आने वाले हर भाव को नहीं जान पाता और वही संतुष्टि आज पर आकर रुक सी जाती है, जिसे हम भी अनदेखा नहीं कर सकते।

# रहस्य

जागेंगे अरमान, क्योंकि सोना उसकी आदत नहीं। जीने और मरने में फरक फिर नहीं होगा। अरमानों के दायरे और पनपेंगे। यही तो कसौटियां कहलायेंगे। फिर भी रिश्ते प्यारे कहलायेंगे। सपने मंजिलों के अफसाने हैं, तभी तो संपूर्ण होने की आशंका है या अधूरेपन के रहस्य हैं, क्या पता आप कहां जाकर अपनी सोच स्थिर कर पायेंगे। ये तो अनिश्चित काल है, जब इंसान तड़पता है और खुद ही से प्रश्न पूछने पर मजबूर हो जाता है। जिंदगी रास्ता मांगती है, मगर चौराहे पर आकर फिर थम सी जाती है और बहुत देर के बाद अपने-आप फैसला भी हो जाता है। कई प्रश्नों का सही गलत नहीं पता, मगर होता है।

# चाहत

जिंदगी में वो पल जो आपके साथ हैं, अभी है, इक आस होती है। एक पल में वो उसी में जीता है और दूसरा जिसको पाने की चाहत हर कोई अंत तक करता है। क्या ऐसा खुशनसीब कोई है, जो दो पलों को साथ लेकर जिया हो और उसी पल पर हर ख्वाहिश साकार होकर असंतुष्ट हो गयी हो। जीवन कभी किसी की भरपाई नहीं कर पाता, तभी अधूरा था, अधूरा ही कहलायेगा। नहीं तो जन्म-जन्मांतरों तक का किस्सा ही खत्म हो जायेगा। इसलिए आस का दीपक आंगन में रोज जलता है और अंतिम क्षणों तक अरमान के लबों पर एक चाहत ऐसी जरूर होती है जिसका वह इंतजार करता रहता है और करमों का खाता बंद करने के पहले वो किसी और के वचनबद्ध हो जाता है।

# बारूद

झूठ से बड़ा बारूद नहीं और सच से बेहतर एटम बम कोई नहीं। ये मैं नहीं, जहां कहता है, तभी तो न्याय लाज़मी है। किसी एक के द्वारा फिर वो न्यायाधीश कैसा है, ये किसको पता है। झूठ बनाता अक्सर गलत है लेकिन अंत बुरा ही होता है। बिन लगाम का घोड़ा है। जो जुबान पर शब्दों के माध्यम से टिका है और वाणी को ही शस्त्र बनाकर बचाता फिरता है और वो भी खुद ही को।

कहकहा लगाने का मन भी करता है, कभी-कभी यही सोचकर मंद-मंद मुस्करा देता है, मन कभी-कभी।

# परछाई

परछाई से पीछा छुड़ाना नामुमकिन होता है, क्योंकि अपनी रूह से अलग नहीं हो सकते। पता नहीं, फिर भी लोगों को भयभीत होते देखा है। उससे बचना चाहता है, हालांकि वो भी नहीं जानता, जिससे वो डर रहा है, उसी का अपना काला साया है। जिसका प्रतिबिंब हमें हताश कर देता है, जबकि आइने के आगे हम अपने आप को इतना संवारते हैं कि खुद को खूबसूरत लगे। फिर भी इस सच से सब अंजान होते हैं कि एक दिन आइना टूटेगा ही टूटेगा। फिर कभी अपने उपर पछतावा तो कभी कमजोरी पर धिक्कार सा लगता है।

# नीलामी

होंठो पर हर पल दुआ हो, इस दुनिया में अजनबियों से पहचान हो और अच्छे-बुरे का आभास हो। यहीं से तो दुनियादारी की पहचान शुरू होती है। कैसे-कैसे रंगों से खेलती है ये दुनिया दिलों की भी लगती है नीलामी यहां। बंदे वाह रे! तेरे नाम की होती नीलामी है, क्यों होता है गुनाह जबकि गलती हर इक की होती है। प्यार का गर नाम सिर्फ खुदा है और खुदा तो सिर्फ पूजा जाता है। जब-जब प्यार ने मोहब्बत के आंगन में जन्म लिया, जब-जब बंदों में अपना दरबाजा लाया और कसमों ने प्यार को चमकाया। प्यार की पारी तिरस्कार में बदलने लगी, फिर रुसवा होकर अच्छी कहलाने लगी। चोट गहरी होती है, जब शुरू कहीं से और खत्म कहीं पर होती है।

# तरसता

बीच राह में छोड़ गया, हमसफर मुझे जीने की सजा दे गया। न चाहते हुए भी जीना तो पड़ेगा। तभी तो परख के पहलू भी उजागर होंगे। क्या ये सारा तामझाम, क्या दिलबर के रहते जरूरी था या इसका उद्‌देश्य कुछ और छिनने को भी समझ नहीं पाता। मगर फरक किसे पड़ता है, फिर भी ढूंढ़ ही निकाल लेता है। कई रास्ते है जीने के। जो नाकाम होने के बाद भी मिलने को तरसते हैं, ये भी दिलबर से जुड़ी हुई किसी सौगात का ही असर होता है। हर औपचारिकता निभाने का भी बहाना होता है, जो सिर्फ निभाने मात्र का ही नाम होता है। सुनने में तो यही आता है।

# महसूस

खण्डहर में अगर बहारें ढूंढ़ोंगे तो मिलेगी भी जरूर। अगर आपको कोई समझने वाला होगा, जो आपका साथ देगा जो आपको दिन की रोशनी दिंखने के लिए प्रेरित करेगा। जिसे आप सोचते हैं, महसूस करते हैं और अनुभव भी करते हैं, वो आपका साथ जरूर देगा और कभी साथ नहीं छोड़ेगा। और यही अहसास दिलायेगा कि हम हैं जो बहुत जरूरी है, जताना बहुत जरूरी है। हर राय का जिंदा रहने का आभास जिंदा रहता है तो हमें भी जिंदा देखता है।

# तमन्ना

आप पे कुर्बान हुए जिंदगी से हैरान हुए। आवाज जब भी अपनों की, तब भी तन्हाइयों से वाकिफ हुए। बदला अपना नजरिया, फैलाई अपनी अंगड़ाई, तमन्ना परेशान, क्योंकि प्यार से मिलने को बेकरार हैं। दीदार प्यार से करना या उसको भी हमारा इंतजार है करना। इससे भी कहाँ तक सच्चाई है। वो अकेले चले गये, हम खड़े देखते रह गये। इस बार भी आंसू बह गये। हर वक्त याद किया हमने उसे और वो हमसे हंस के कहने लगे याद किया सबको, बस एक तुम ही रह गये। यादों का बसेरा बस जाता है और प्यार बढ़ जाता है अपने प्यार के लिये। फिर भी काँटों की तरह सबको चुभने लगती है, न जाने क्यों?

# काबिल

फेंक दिया उसको जब इज़हार हमारी कमजोरी बना और निकाल दिया तब दिल से दिलबर, जब वो अनदेखा करने लगा। बहुत हो गया आंसुओं से दोस्ताना, तब आंखों ने भी रोने से इंकार किया। किस दगाबाज के लिए अनमोल आंसू गवाँ रही हूं और क्यों अपनी रोशनी को बुझा रही हूं। अगर काबिल होता वो हमारे, ना देता कभी आंसू आंख में हमारे। कुछ जीवन जीते जी जहन्नुम बन जाते हैं, क्योंकि यादों को हम खुद ही की जंजीर बना लेते है।। इन फासलों का कारण आज तक नहीं मिला और यही अहसास जो खूबसूरत या इत्तफाक भी कहलाता है। ना जाने प्यार की तरह प्यार अक्सर अधूरा ही क्यों रह जाता है।

# ताज

अधूरे दिल की अधूरी आस, शायद काम आ जाये आप सभी को आज। प्यार को संभालना, फिर संवारना, हो सके तो हर भावना को समझना। नहीं जायेगा कभी दूर तुम्हारा प्यार, वरना तू हो जायेगा उसी से बहुत दूर। बहुत पछतायेगा फिर प्यार लौटकर ना आयेगा। कभी न करना अपमान अपने प्यार का। प्यार खुदा का नाम है, ना जाने फिर क्यों बदनाम है। पाक दिलों का अधूरा अफसाना है। प्यार हर मजहब की शान है और दिलों की धड़कनों पर तभी तो नाज है, क्योंकि इससे बड़ा ना तो कोई वरदान है।

सो कद्र कीजिए, न जाने किस रूप में खुदा आपका आपके साथ होगा।

# सहारा

अकस्मात् किसी से टकराना क्यों, कैसे, कब, कहां इन सब विचारों की गुत्थम-गुत्थी में से गुजरकर निकल जाना, किसी की बातों का असर, किसी की चेहरे की मुस्कराहट, किसी का मनोबल, किसी बुर्जुग की दुआओं का असर, किसी करीबी को सहारा देना और सहायता देना या करना, ........किसी की एक इच्छा को पूरा करना, किसी को हंसाना, किसी का कर्ज चुकाना, और बहुत से ना जाने अनगिनत जज्बों के धागे हैं, जो किसी न किसी रूप में एक दूजे से जुड़े हैं। जो जज्बातों को समझता है, वही इन छोटी-छोटी चीजों को समझ सकता है और अपना भी सकता है।

# सन्नाटे

अपने ही साये को देखकर मन उससे बातें करने लगा और एक सच्ची खुशी का अनुभव भी होने लगा। पानी में कंकड़ फेंकना और पानी के विचलित होने का प्रभाव हमारे दिल तक पहुंचता है और वही साथ हमारे दिल तक राहत और सूकून का काम करने लगा। रात की चुप्पी, शोरगुल में सन्नाटे का प्रतीक, चांद में उसके चमकने का आकर्षण, जो हर रात को हर इक को देखने के लिए उत्तेजित करता है मौन रहकर भी बहुत सारी बातें होती हैं। हर कतार में वृक्षों का शांति से खड़े रहना। रात के बाद एक नये उजाले का फिर वही इंतजार। वही सब कुछ पर तरीका रोज अलग।

# दुगुनी

कुछ ही फासलों में है सब कुछ, जहां देखे तो जरा। साथ को अहमियत क्यों देते है। कुछ हद तक हर चीज जायज है। साथी अपनी मर्जी का होना बहुत जरूरी है, क्योंकि हर जज्बात उसके दिल तक अपने आप पहुंचने के लिए बेताब हो उठता है। मजा दुगुना हो जाता है और खुशियाँ भी। क्योंकि हर नजारा रंगीन हो उठता है। कभी किसी को मुक्कमल जहां नहीं मिलता, फिर भी आसमां में घर बसाने का मन है बड़ा। ये सिर्फ और इस तरीके की व्याख्यायें सिर्फ काल्पनिक होती है सिर्फ काल्पनिकता।

जीते जी जिसे सारी जिंदगी उसी सच ख्वाब को लेकर जीता है और यही वजह उसको जीने की वजह बनाकर जिये जाता है जिये जाता है।

# डोर

अरमानों का मेला है, दिल फिर भी अकेला है। मान-सम्मान है संग हमारे। चाहे राजा और रंक यही है। तुक्के का पता जिसको आजमाने के हैं कई बहाने। सवाल अपनों का नहीं और न ही खूनी रिश्तों से इसकी डोर बंधी है। सवाल है इंसानियत का, न खफा होना। अकेला होकर भी लड़ेगा ताकत है सच्चाई की। सिर्फ उसके साथ नहीं गाया जाता रिश्तों के गीतों को रोज-रोज, क्योंकि वही तो हमारी पहचान बनाते भी हैं और उसे निभाने पर हमारी पहचान बरकरार भी रखते हैं।

# दिशा

समुन्द्र भी खाली हो रहा है, पानी की खोज कर रहा है। किलकारी लेना, छोडो़ तो उफान, फिर थम सा गया। शांत होकर भी विचलित है, गहराई उसकी भी समझ आयेगी, तब दिशाओं से भी सुकून बरसेगा। मैं उस सकून को जरूर महसूस करना चाहूंगी। अगर मुझे इसमें थोड़ी बहुत राहत मिलती है तो क्या गलत। बस दिल करता है उस वक्त समा जाऊं मैं पानी में कुछ देर, खुद को रूलाने से अच्छा है। उसे गिला करके तो देखिए बहुत सकून मिलेगा। ये मुझे लगता है।

# अपमान

रोज सुबह होगी, दुनिया से फिर जंग होगी। ठीक उसी तरह कहा-सुनी भी होगी। शस्त्र कई हैं खुद ही के पास, न जाने फिर भी क्यों है गुंडाराज। कैसा अपमान है ये दुनिया का। दुनिया ही कर रही अपनो को शर्मिंदा। सोच के दिल थम गया। क्या सही क्या गलत, क्या सही रह गया इंसान हमारा। सोच को साकार करना है। साकार से ही सच रूबरु होगा। साक्षात् तभी होगा, फिर न तेरा, न मेरा होगा। हम सभी का होगा।

# फलसफा

कुदरत कहर बरसाती है बार-बार, रुक-रुक कर यही जताती है और कराहती भी है। तांडव फिर मचता है यहां। ये कैसा है हमारा भारत महान, जो इक दूजे को कोसता है, नोचता है, अपनों ही से शिकायतों का रोज यहां लगता मेला है, ये कैसा है फलसफा, न कोई रिश्ता सीधा-सादा है। यहां मन के अनुसार बरसती है बहारें और वहम में जीता है हर इंसान। कैसे रहें खुश, जबकि हर खुशी से लगता है डर और हो रही है दूर खुशियां। हम ही से ये कैसा है मंजर। अपनों की छाया तले चेहरों की कहानियां बिकती हैं, तभी तो ठहाका लगाने वालों की भी कमी नहीं है।

# सद्‌बुद्धि

ईश्वर से कहो हमें सद्‌बुद्धि दे, कहने मात्र से कुछ नहीं होगा, उस पर अमल और चलने की शक्ति भी दे ईश्वर, तभी तो सफल और सार्थक कहलायेगा ये वाक्य। शायद हम अपने आपको थोड़ा बदल भी लें, यहां पर भी नाकामी का ही सामना होता है। मगर सच ये भी शाश्वत ही होता है। सद्‌बुद्धि बुद्धि को उजागर करती है और सबके सामने होती है उसका हर इक भाव उसकी बुद्धिमता से ही जुड़ा होता है। फिर भी खुद को संतुष्ट नहीं कर पाता और न ही सामने वाला। तभी तो पल-पल मांगते हैं ऊपर वाले से अपने को संपूर्ण करने की शक्ति। जो कि असंभव है।

# औकात

शब्दों के मोल का महत्व होता है, जब शब्दों को नीलाम किया जाता है और सरेआम शर्मसार किया जाता है। मगर अहमियत पर उनकी कोई उंगली नहीं उठा सकता। शब्दों को बेइज्जत करने का हक तो कुदरत को भी नहीं होता। मनुष्य तो रत्तीभर, तिनके भर की औकात के समान है। मगर दुर्भाग्यवश शब्दों से ही शब्दों पर वार भी होता है और कत्ल भी। ये तो कुदरत ने भी कभी नहीं संकेत दिया कि किसी को सरेआम बेइज्जत करो। पता नहीं इंसान में इतनी हिम्मत कहाँ से आई। शायद वह इसके भुगतान से अंजान है।

# फैलाव

ज़रुरतों को उड़ाओ। क्योंकि उड़ने से रफतार और गति दोनों में जोश होता है और उस वक्त के विचार न जाने आपको कहां तक ले जायेंगे या फिर भटक जायेंगे। कुछ भी हो सकता है। मगर मंजिल तक पहुंचने के लिए परों की जरूरत पड़ती है। फिर वह उड़ते भी आपकी सोच के अनुसार उन्हें फैलने दो। एक बार तो हिम्मत जुटानी ही होगी। अपने आप को साबित करने के लिए अपने सोच के दायरे को फैलाना तो पड़ेगा ही। कुछ अपनों को खटकेगा भी, मगर आप की नीयत और आपके दिल की आवाज आपके साथ है तो कुछ हर्ज नहीं।

सामान्य है।

# पहचान

काश! आज का उजाला ये कहता जग में अंधकार घनघोर है। क्यों फिर दिलों में भी कड़वेपन का ज़ोर है या फिर जरुरत से ज्यादा अपनापन है। दोनों ही पहलू जरूरी है। यही तो है उजाले का दायित्व  या तो बहुत प्यार है या फिर प्यार है ही नहीं। बरकरार रहेगा यही तो है प्यार कुछ न कुछ देने का वादा। या कुछ मांगने की फरियाद। फिर भी कुछ-कुछ समझ ही जाते हैं इसकी दुहाई। इसके अस्तित्व की पहचान ही हम इंसानों से हैं। पहचान का अरमान हमारा भी तो यहीं से शुरू है, जर्रे से जन्म तक का सफर और साथ दिलबर के साथ ही रंगीन होगा।

# बिंदास

अंजाम किसका गुलाम है, सिर्फ करमों का कारोबार है, करनी -करानी हाथों में है, संगठित है, निर्धारित है, कहीं-न-कहीं लगता है पूर्णविराम भी, जो ज़रूरी भी है। हाथों के मोहताज है हम, खुद ही से शर्मशार हैं। हम तभी तो ढूंढ़ते, लकीरों में समाधान हैं। कितना मायूस हो जाता है इंसान यहां, फिर भी रहता बिंदास है यहां। न कोई डर, न कोई फिकर, न बंधन जाने न फिर भी गरूर का गुमान नहीं होता कम। किसी के दिल में प्यार बनकर या फिर किसी को बसा लेते हैं अपना दिलबर बनकर। यही तो है इंसान की पहचान।

# साक्षात्

विचार अगर किसी से मिल जायें तो सोने पे सुहागा और अगर नहीं मिलते तो रिश्ते में मजबूरी का नाता। यही राज है, आप सब भी परिचित हैं, मगर मानने से डरते हैं। मैं भी डरती हूं, क्योंकि रिश्तों का एक पड़ाव डर भी है। विचार अगर मिल जाये तो कोशिश कहलाते हैं और विचार अगर पाबंदी बन जायें तो बेबस कहलाते हैं। एक ही साक्षात् सच को भिन्न-भिन्न रूपों में सक्षम बनाया गया है, रिश्तों का सफर भी कोशिश से सफलता का निर्धारण किया गया है। विचारों के लड़ाई अगर थम जाये तो इंसान की अहमियत खत्म हो जायेगी।

# विलम्ब

गूंज की ध्वनि गूंज से ही प्रेरित होती है, जो दिल में कई जिज्ञासाओं को पैदा करती है। यही चाहती है, वो तमन्नायें बस उसी वक्त पूरी हो जाये। मगर उस गूंज से तसल्ली का समावेश ये जता देता है संयम में ही संगम है, विलम्ब होने में कोई तो वजह है, जो सार्थक है। अगर उस विलम्ब से ही आभासों से नाता जुड़ जाता है, तभी तो उम्मीद के बल पर हम न जाने कितनी उम्र जी जाते है। अगर विश्वास कायम है तो उम्मीदें पूरी होती हैं। आस्था किसी भी क्षेत्र से जुड़ी होना आवश्यक है और अगर सच्ची है तो पूरी भी जरूर होगी।

# सीरत

आवाज का आकलन सिर्फ उसके व्यक्तित्व का अक्स है। मगर सीरत का आकर्षण सबको अपना भी बनाता है और दीवाना भी। ये एक प्राकृतिक सच है। दोनों चीजों का भी मिलना संभव है और सामान्य भी। यही हकीकत है। अगर सुंदरता और सीरत का महत्व न होता तो सीरत का बाण कभी सूरत पर हावी न होता। जो एक बार में कई लोगों को लुभाई तो जा सकती है, मगर अपनाई नहीं जा सकती है, फरक है समझ गये होंगे।

सूरत सीरत का पूर्ण रूप में दायित्व निभाती है, कोई दोराया नहीं, मगर संपूर्ण शायद असंभव।

# शिकवा

अकस्मात् और अचानक आई विपदा अधिक दर्दनाक होती है। अंदर तक के भावों को झकझोर देती है, तोड़ देती है, क्योंकि किसी से ऐसी-वैसी उम्मीदे नहीं होती। सही सिक्का उछालने पर भी अगर गलत या खोटा निकलता है तो वक्त का ही सारा किया-धरा होता है और सिर्फ एक हकीकत लेना चाहता है। मगर चित भ्रमित करता है और इसी कशमकश में खुद ही को हवाले कर देना पड़ता है। मगर कई बार चुप्पी तोड़नी पड़ती है और दिमाग की नसें सब थम जाती हैं। सारी शक्ति क्षीण हो जाती है बस फिर शून्य हो जाता है सब कुछ। मगर क्यों समझ नहीं आया आज तक।

# खिलवाड़

छोटे-बड़े का लिहाज, शब्दों को मोल-तोल कर उन्हें फिर से सजाकर उनमें भावार्थ ढूंढ़ने का राज। बिन गलती झुकने का अंदाज, अपने ही दिमाग से लड़ने की सजा सब इत्तफाक नहीं होता, निश्चित नहीं होता। चेहरे के भावों का अलग-अलग रंगों से खिलवाड़, औपचारिकता नहीं तो और क्या है। सब बकवास है, कोई किसी को समझने को तैयार नहीं है। बेमतलब पैसा कमाने का गरूर, दूसरों के लिए अपने ही बच्चों को बलि चढ़ाने का रिवाज़ बहुत कुछ ऐसा है, जिसे दफन और खत्म कर देना होगा। मगर होगा नहीं, क्योंकि मैं भी इसी गुनाह की पात्र हूं। अपने अधीन जो भी होता है, वही तो पिसता है और जीवन रूपी कारावास निकल भी जाता है।

# सामान

मौत और जिंदगी की गति एक-दूसरे के पूरक होते हैं। मौत एक ऐसी वजह है, जिसपर जिंदगी को भी गर्व होता है। मौत ही एकमात्र ऐसा अवसर होता है, जिस पर गंदे से गंदे इंसान को भी सम्मान मिल  जाता है। यही एक ऐसा अवसर है, जिसपर सिर्फ उनकी अच्छाइयों को दोहराया और जताया जाता है, जबकि कोई भी उसकी फितरत से अंजान नहीं होता है। शायद उस वक्त यही सही होता होगा और अपनी मान-मर्यादा का मान रखने के लिए भी ये वजह बरकरार हैं। इसमें  मिलावट कहीं नहीं होता। शायद जरूरी है क्योंकि दुनिया से कुछ छुपता नहीं हैं, फिर भी संपूर्ण कहलाते हैं।

# नींव

अचानक से लेकर अंतहीन रहस्य का पहला सच और जिंदगी से लेकर मौत का आधा सच, यही हकीकत है। मोहब्बत उसकी नींव बने तो खुशकिस्मती, न मिले तो बदनसीबी। ये इंसान का ही बनाया हुआ वाक्य है। जबकि सबको पता है, 'मोहब्बत' किसी के मोह में पड़कर इबादत करने लगता है। यही से तो खुदा और मोहब्बत का रिश्ता और भी गहरा हो जाता है। फिर भी प्यासा ही रहता है, न पूरा होने वाला ये सिलसिला। ये तो मजहब की ताकत है, जिसे मिल जाये तो इंसान जी उठता है और न मिले तो जीना पड़ता है।

फरक हैं सभी को पता है।

# अनचाहा

कटाक्षों से रोज मेल-मिलाप किसी के प्रेम से भरे हुए शब्द, किसी के जहर से कड़वे शब्द और किसी की चाशनी घुले शब्दों में है। इन शब्दों के अमृत का दोनों ही छोर जिंदगी में अहम है, ऐसे में इंसान अपनी सुविधानुसार अपने ही ढंग से अपने ही सांचे में ढालता है। समझ नहीं पाता मन हम गलत हैं या हम अपने सामने वाले को समझ नहीं पा रहे। सभी रिश्तों के पीछे जिम्मेदारी का अहसास है, अनुभव है। हावभाव उसके संकेत हैं और जतला भी देते हैं, कौन, किसको, किस रूप में आजमा रहा है, परख रहा है। विनम्र से नम्र बनने तक का सफर, विष से विश्वास भरी जंग। बस कभी हार तो कभी जीत का अनुभव।

# संतुष्ट

इतनी उदासीनता कहां से आती है और क्यों आती है। यहीं आकर सोच भी अपने ही दिमाग से लड़ती है। सब कुछ रोज जैसा क्यों नहीं, संतुष्ट क्यों नहीं, जो हमें मिल रहा है, वो हमारे मुताबिक क्यों नहीं। कुछ देर के लिए अपने ही लोगों के चेहरे चिड़चिड़ाहट पैदा करते हैं और सब कुछ छोड़कर अपने आपको सबसे अलग करना ही पड़ता है। कुछ देर का पूर्ण-विराम जरूरी होता है। फिर भी कुछ रिश्तों पर नाज़ होता है और खुद को टटोलता भी है अन्तरमन, मगर जीत का ही अहसास होता है, अजीब रिश्ता बन जाता है और बना भी लेता है, यही सच तो विचलित करता है।

# खत

हर दिन इक नया खत नये सवेरे के रूप में मिलता है और खोलने और पढ़ने के लिए प्रेरित भी करता है, क्योंकि उन खतों को भेजने वाला ईश्वर जो होता है, तभी तो कोई उसे नकारता भी नहीं है और उसमें लिखे गये हर आदेश का पालन करना हमारा फर्ज भी होता है। चेहरे के भाव हमें ये कह देते हैं, अपना लो जो तुम्हारे नसीब का है, जो समयानुसार तुम्हारे पास वक्त पर पहुंच ही जायेगा और हम उसे बिना किसी हिचकिचाहट के अपना भी लेते हैं। यही सोचकर ये हमारे हिस्से का करम है, जो ईश्वर द्वारा उसी के बनाये हुए प्रतिरूपों में मिल रहे हैं।

# प्रयास

प्रयास जीवन का पहला और आखिरी अहसास है और रहेगा भी। ये सृष्टि की आत्मा है, इंसान को हमेशा आगे बढ़ने के लिए प्रेरित करती है। प्रयास के बाद और प्रयास के साथ अपने से ही इंसान कितने बदलाव देखता है। बचपन के प्रयास जब जवानी में आकर संपूर्ण होते हैं, लेकिन पूर्ण नहीं और कितने प्रयत्नों के बाद इस काबिल बनता है कि वो अपनी पहचान बना सके, पहचान तो बनती है और कद्र भी होती है, क्योंकि उसे सफल और सजग बनाने में न जाने कितने प्रयास वो करता रहता है और फिर बुढापा। एक ऐसा सच है, जब इंसान जवान होता है तो उसे लगता है वो कभी बूढ़ा नहीं होगा और इसी जोश में वो कई प्रयास असफल छोड़ देता है और फिर बुढ़ापा मात्र काश बन जाता है।

# सामान्य

सामान्य-सा-सादा सा जीवन आर्कषण लगता है और सुसज्जित भी। उसका हर दृष्टिकोण प्रभावित भी करता है और कायल भी। मैं सृष्टि की परिभाषा अपने शब्दों में व्यक्त कर रही हूं। हो सकता है, आपको पसंद न आये। सृष्टि का सच स्वरूप है ईश्वर की संरचना में कहीं खोट नहीं, उसी के अनुसार सृष्टि को मानव के हाथों सौंप दिया गया। दोनों गणनाएं गलत निकलीं। बस यहीं से तो कई विकल्प, व्याख्यायें, विचारों की सैंकड़ों गुत्थियाँ न सुलझीं। अधूरे मानव के ही आधार पर सृष्टि को भी अधूरा ही कहा गया है। उसके पाक दामन पर न जाने कितने घाव हैं, समझने के लिए इशारा काफी है।

अमूल्य चीजों का मूल्य लगाना महापाप है।

# निर्धारित

संपूर्ण जगत की असंपूर्ण कहानी न किसी को समझ आयी है, न आयेगी। क्योंकि हर दिन आती है, इक नई कहानी न किसी से, किसी भी वक्त के लिये कोई निर्धारित वादा, वचन फिर भी इंसान प्यार करता है, किसी का भी दिल दुखाता है, चुनौती भी देता है और तिथि भी निर्धारित करता है। मगर कैसे आप खुद सोचिए, निर्धारित करने वाला भी वही है और संपूर्ण और दण्ड देने वाला भी वही है, ऊपर वाला जमीं पर रहने वालों का भगवान क्यों बनता है। अगर जमीं पर भी भगवान बनने लगें तो कोई न्याय नहीं होगा। लेकिन सृष्टि क्यों, किसके लिये और क्यों बनी, बहुत उत्तेजना पैदा करता है, हमारे मन में।

# अंदाज

जिंदगी की हर शाम कभी खुशी और कभी गम से भरी रोज आती हैं। दस्तक आपके दरवाजे पर भी होती है। अलग-अलग रूपों में वही दिनचर्या, लेकिन रोज के अंदाजेबयां को अलग-अलग ही दिखाती है। जो हमारे अहसासों से दूर होते हैं लेकिन उनकी अनुभूति हमारे लिए जरूरी होती है और प्यारे भी होते है।। अखबार वाला, दूधवाला, जो हर बंधन से बहुत दूर होते हैं, मगर दिल के काफी करीब होते हैं, क्योंकि शिकायतों के कागजों से अनजान होते हैं। संतुष्ट होते हैं, जो रिश्ते अपनी अहमियत से दर्शाये जाते हैं और हम उन्हीं के प्रतिरूप कहलाते हैं।

# फैसला

हर फैसला सही हो ये जरूरी नहीं। जिस वक्त फैसला किया गया हो, वो वक्त सही कहा जा सकता है, क्योंकि हर सही-बुरे वक्त की गणना का संचालन भी कब से चला आ रहा है। गलतियाँ इंसान करता है और बेरहम वक्त बनता है। वाह रे इंसान और इस अंजाम का उसे रत्तीभर भी अफसोस नहीं होता। शायद ये भी कुछ सुंदर बच्चों में से एक होता है। तभी तो तसल्ली बक्श कारवां कहलाता है। शायद ये भी जीने की अदा है। गुनाह करने वाला गलती समझ कर भुला देता है और उसे एक नया परिभाषित शब्द भी मिल जाता है। आश्चर्यजनक है।

# प्रत्यक्ष

सभ्यता सृष्टि की जननी है और उसकी धरोहर है। जी हां, जो सक्षम और साकार है, वो बुरा ही कहलाता है, क्योंकि वो अपने आपको दुनिया के सामने खुलकर रखता है और सच की बुनियाद पर अपनी ही कही बातों पर अडिग भी। जिसे स्वीकार करना बेहद मुश्किल होता है, क्योंकि दुनिया न तो सच सुनती है और सुनना भी उसके लिये इतना आसान नहीं है, लेकिन अंत सच पर करती है। अजीब बात है, शुरूआत जानने से और अंत न्याय ही पर ही होता है।

# आसपास

हमारा अपना व्यवहार कभी हमारे ऊपर हम ही को गर्व कराता है और कभी भयभीत भी। क्योंकि कभी-कभी हम अपनी औकात से ज्यादा ही बोल देते हैं और फिर शर्मिन्दगी भी महसूस करते हैं और कहीं न कहीं सच बलवान और आसपास होता है, तभी हम अपने-आप को छुपाने की कोशिश भी नहीं करते। कोशिश करनी पड़ती है अपने व्यक्तित्व को बदलने की, पल में नरम और पल में उग्र। दोनों ही महत्व रखते हैं वैसे तो जीवन में, लेकिन जरूरत से ज्यादा विनम्रता और उग्रता हानिकारक ही होती है। दोनों को इस्तेमाल कई अपने फायदे के लिये भी करते हैं। नजरिये का फरक हैं सिर्फ।

# हालात

साधारण सा जीवन कितना सरल परिचय है। कम शब्दों में एक इंसान का। पूरा विवरण करके सोचिए बिल्कुल विपरीत है, कभी-कभी उसके पीछे की परिस्थितियाँ, आज के हालात और आने वाले कल की चिंताओं के भाव सब प्रकट कर देते हैं। सब कुछ बोलने की कला, सुख-दुख की व्याख्या, हर इंसान अपने तरीके से करता है। ना छुपाया जा सकता है और न ही छुपता है यही सोचकर खुद शांत हो जाता है। मगर प्रश्न अधूरा का अधूरा, जो हो अपनी मर्जी का नहीं तो प्रभु की इच्छा।

सच भी यही है।

# अभाव

दो विचारों का टकराव, बिखराव और प्यार, व्याभिचार, समानता का अभाव कितने कारण हैं इंसानों के इंसानों से अपरिचित होने और अलग होने के, साझेदारी और समझदारी हर सोच की परिपूर्णता की ओर इशारा करती है। सब तमाशबीन है, सच्चाई भी यही है। एक ऐसा घिनौना, सच जो सहजता से दूर किसी भी पक्ष का सच सुनकर राजी नहीं। इंसान फिर अकेला और उसका साथी कौन कोई नहीं। बेबस, लाचार, बिन साथी के, किसी की हामी का इंतजार, किसी का कोमल अहसास पर कोई नहीं आता, कोई नहीं समझता, सब है बेकार सब बेकार।

# शर्मिंदा

दिल पर वार सबसे आसान काम और उस दिल से दिल्लगी सबसे बड़ा अपमान, कितने समझते हैं। इस तथ्य को और इस तन्हा को। पापी पाप करके शर्मिंदा नहीं होता, क्योंकि वो पूज्य से अंजान होता है और न जाने कितने ऐसे पाप कर जाता है, जो गुनाह बन जाते हैं और गुनहगार कहलाने लगता है और उसे भी पता नहीं चलता। इन सभी से घायल दिल ही होता है, कभी प्यार से तो कभी दुर्व्यवहार से। क्या छुपायेंगे हम और कब तक छुपायेंगे हम। दिख ही जाता है सबको सच।

# सहारा

सही है, न चाहते हुए भी जीवन उन्हीं के साथ जीना पड़ता है जो मजबूरी बन जाते हैं और वास्तविकता से कहीं, क्या बहुत दूर होते हैं। लेकिन दायित्व जिम्मेदारी बखूबी निभाते हैं। आखिरी समय में भी कई प्रश्नों के उत्तर नहीं मिलते और वो भी सहानुभूति चेहरे के भावों के आदान-प्रदान से बहुत कुछ बोल जाते हैं। सब जताते हैं, समझने वाला समझ भी जाता है। मगर क्यों होता है ये सब, रंजिशों से निकलना असंभव होता है कि दूसरा धक्का तैयार होता है। समतल जीवन की आस लगाना बेवकूफी है या पागलपन। शायद मेरे लिए पागलपन।

# सभ्यता

बैठे-बैठे कई बार सोचते हैं, हर भय का अंत निश्चित है, तभी सुरक्षा की आस भी नहीं है। कम समय के साथ सबक निवारण हो जाता है, तभी तो हर समस्या अपना समाधान निकाल ही लेती है, फिर भी इंसानी फितरत में क्यों इतनी मजबूरियां और औपचारिकताएं हैं, इस समझ से अभी भी उलझ रहे हैं। अगर जीवन यही है तो समझ आता है। अगर नहीं तो क्यों शिकायत ही शिकायत हर दिल में, कटाक्षों को लेकर क्यों चिढ़ता है अपनों ही से। बस यही विडंबना का चलन क्यों है हर रिश्ते में। हर वक्त सच यही है, इस जीवन में सभ्यता का जोर हो ना हो, मगर आडंबर की विजय होती है।

# तोहमत

दिल दिलदार, क्योंकि उसके खरीददार बहुत हैं, दिलनशीं क्योंकि फिसलने में कतराता नहीं है, ये दिल दरिया है, दिल यादगार है, दिल दोगुना, फिर भी दिल पाक है, ये भी मजाक सबको आता है और सच्चा और ईमानदार भी कहलाता है। दिल पिघलता है, दिल सवालों का स्तम्भ है। दिल की सुने, जग तो तोहमतों का भंडार है क्योंकि आदत और फितरत का मोहताज है, तभी तो करता है गुनाह बार-बार हैं। फिर भी दिल इस देह का कहलाता सबसे बड़ा हमराज है।

# आघात

आजाद किया था हमने तूने शुक्रिया भी न किया मुझे, कोई गम नहीं उसका मगर, सामने आकर भी अंजाना रहा तू। ये आघात भी कुछ कम नहीं था। यही आघात अब भी कायम है। क्या वजह थी, उसकी जो मोहरा तूने हमें बनाया था। शायद जवाब के इंतजार में आज भी जिंदा हूं, यही अफसोस अब रह गया है। मोहब्बत बिकती नहीं अनमोल तोहफा है मेरी नजर में। इक बार झांका तो होता ये गुनाह कभी तू ना करता। ये गुनाह माफी के लायक न था। फिर भी किया जा माफ तुझे, तभी कायम मेरा अस्तित्व आज भी मुझे फख्र था।

# तदबीर

अपनी ही गलतियों पर इतराना ये कहां का रिवाज है। गलती करके आंखों को आंखों से मिलाना ये भी निडरता का अंदेशा है। मगर मिलती है आंखें, फिर तकदीरें तदबीरों से दूर ही रहती है। तासीरें तकाजें का काम करती है, तभी तो बेवफा कहलाती हैं। अभी भी पहचान लो, मगर यही अदा तो हमारी न थी। अंधे प्यार की अंधी कहानियों की गुजारिश यही है, गलत अगर हम हैं तो सजा दो हमें। मुश्किल है, नामुमकिन नहीं ये पुरानी रीत है, सदियों से चली चलाई है। फिर भी प्यारी है, दिल के हाथों मजबूर है, प्यार कमबख्त कभी मरता ही नहीं

यही गलती तो बार-बार करने का दिल भी करता है।

# लकीर

किसका भरोसा तूने जीता तभी तू मोहरा भी बना रहा। इक दिल को दूसरे दिल की भनक भी नहीं, इसमें कसूर किसका था। छोड़ बीती बातों को । आज जोड़ ले अपनी जिंदगी को इक नये मोड़ पे। कर खुशी से इसका स्वागत, समझ इसका इशारा, ईश्वर देता नहीं मौका दोबारा हर इक को। समझ इसकी भाषा को, सादगी में है लकीरों का जनाजा, न समझ किस्मत का हेर-फेर ये।

जो जिंदादिलों से जिंदगी को और बच अपनी पुरानी गलतियों को दोबारा करने में।

# सौदा

किनारे पर खुद को देखो तो तन्हा ही रह जाओगे। हर इक मिनट में तूफानों से टकराओगे। साहिल कुछ न कहेगा, न भागेगा और सिर्फ इक भरोसा तुझको वो ले जायेगा। न जाने कितने मुसाफिर हाथों हाथ अपनी ही तकदीर का सौदा हर रोज करते हैं। फिर भी बरकत नहीं, क्योंकि ये मिथ्या ही कहलाती हैं। सब कुछ ऊपरी आर्कषण है, जो सबके न जाने कितने रूपों में उजागर करता है। मगर दिल की किलकारी फीकी ही होती है, तभी तो बेजान और बेरौनक ही दिखती है।

# मिथ्या

हर हिचकी आई मेरे प्यार के नाम की, हर धड़कन बनी दर्द मेरे प्यार की। हर दर्द बना मेरे प्यार की याद और हर याद बनी जुदाई का कहर। क्या ये होता है, हां होता है, प्यार एक ही बार होता है और अगर वो धोखा देता है तो सब मिथ्या कहलाता है। किसी को भुलाना इतना आसान नहीं होता। सार्थक कुछ भी नहीं, काल्पनिक बातों में जीना कहाँ अच्छा लगता है। अपने-आप को वक्त पर छोड़ देना ही जायज़ होता है।

# सिलसिला

जुबां से निकला हर शब्द अपनी बहुमत्ता दर्शाता है, तभी सामने वाला प्यार और गुस्से का प्रतीक कहलाता है और सही भी है। शब्दों का मूल्यांकन कभी घटता है तो कभी बढ़ता है। मिठास में भी मिलावट होती है और सामने वाले को समझ भी आती है। मगर मिठास जैसी भी हो, बर्दाश्त करने लायक होती है, इसलिये रिश्तों के बिखरने का सिलसिला थमा रहता है, क्योंकि मिठास शब्दों तक सीमित होती है। मीठे रहने में कोई बुराई नहीं, बशर्ते उसमें जहर का तड़का न लगा हो।

# मेला

क्यों किसी एक के आने से सब आसान हो जाता है, क्यों किसी एक के जाने से सब खत्म हो जाता है। ये मुसाफिरों का मेला है। प्यार न जाने कितने रूपों का मालिक है, जो पल-पल करवट लेता है, फिर अंगड़ाई लेकर वापिस आ जाता है। शायद यही इक वजह है कि प्यासा का प्यासा है। वजह के मिलने का इंतजार है। इंतजार भी बेमिसाल है। न जाने क्यों प्यास अभी भी बरकरार है। क्यूं नहीं मिलती। सजना हमें जो तारीफों के कुछ शब्दों की तलबगार है बाकी सब बेवजह और स्वार्थ है, जो मेरे उसूलों के खिलाफ हैं।

# क्षमता

हर रोज शिकायतों का हंगामा रहता हैं, रातों को गिनना मुमकिन होता है, कुछ तो घटा दिया जाता है, जब सवेरा होता है, सुबह की भोर और कोयल की बोली सूकून देकर एक संकेत दे जाता है। जिससे कई उलझने दूर हो जाती है, ये हमें महसूस होता है। हर इंसान का इतराना जायज भी होता है, जिससे खोखला अहम् ही होता है और शिकायतों के रूप में हर रात को तंग भी करता है, जिससे मानसिक संतुलन के बिगड़ने का डर होता है।

# सिरा

शैली कोई भी हो, धरती थमी है, थमी रहेगी, क्योंकि अपनेपन की शैली हर इक के पास है और सबके अपने-अपने तरीकों का आगाज़ है और इस्तेमाल करने की कला भी है। यही इक सिरा दूसरे सिरे तक बिना अड़चन के इक दूजे के आर-पार है। जो अपनापन आपको दूसरों से महसूस होता है, वही आप अपनो में नहीं ढूंढ़ पाते, तभी प्यासे रह जाते हैं और बंट जाता है ये अपनापन। बहुत शैलियां हैं, बस समझ के अंदाजे से बहुत दूर।

# विचलित

शांति में शांत हो जाओ तो कैसा लगेगा। कभी शांति में शांत होकर देखो तो कितने अनदेखे, अंजाने, विचलित, अपरिचित भावनायें आपके चेहरे पर आकर चली जाती हैं और कुछ थम सी जाती हैं। जब अपने-आप में कुछ खोज रहे होते हैं और जब उसको खोजने में असमर्थ होते हैं, तभी अपने-आप में विलीन होने लगते हैं। दुनिया में दूर सिर्फ खुद ही थे, साथ होते हैं। आप सभी जानते हैं।

# समर्पण

आस्था को परमात्मा से मिलाइये, कई प्रकार की चिंतायें मुक्त होने का सौभाग्य मिलेगा। अपनी आस्था को जिंदा रखिये, किसी अन्य को देखकर अपने आप को थप्पड़ मत मारिये, क्योंकि चिंताओं से मुक्ति कभी नहीं मिलेगी। मगर ये आपकी बुजदिली कहलायेंगी। मग्न होकर जीना अच्छा होता है, लेकिन सभी को अच्छा लगे ये जरूरी भी नहीं। लेकिन आस्था तो हर इक के अंदर ही होती है और हर इक का इष्ट होता है। अपने आपको इष्ट को समर्पित करने में कोई हर्ज़ नहीं, ये मेरा सोचना है और आपका?

# स्तम्भ

झगड़ा हर इक में होता है। जब एक ही वृक्ष के पत्ते तेज हवा के झोंके के साथ न जाने कितने बिखर जाते हैं और कुछ लहलहाते हैं, मगर वृक्ष अपनी जड़ों की मजबूती पर कायम होकर दोनों को देखता रहता है और प्रफुल्लित भी होता है। परिवार का भी यही हाल होता है। स्तम्भ हमारे माता-पिता रह जाते हैं और तमाशा दुनिया देखती है, बस इसी वक्त सहारे की आवश्यकता भी होती है। भावनाओं का निचोड़ निकालकर यही कहा जाता है परिवार रूपी आंगन बसा रहे बस यही उपेक्षा करता है, हर कोई इक दूजे से।

# खारापन

मुस्कुराना जिसने भी सच्चाई से सीखा, वो जहान जीत ले गया। शिद्दत में जिसने भी खुदा से जो मांगा, उसे वो मिल गया। आंखों की परीक्षा, कुछ देर का आडंबर दम तोड़ गयी, क्योंकि भावों का खारापन बर्दाश्त नहीं होता और होना भी नहीं चाहिए। श्रद्धा भाव में भी अगर मिलावट होगी तो उससे बड़ा पाखण्डी और कौन होगा, लेकिन पाखण्ड भी जरूरी हैं, बस जरूरत से ज्यादा नहीं दिखना चाहिए।

मुस्कुराकर जीतने की कला हर दिल को हर इक के अंदर नहीं होती, फिर भी कोशिश करने में क्या हर्ज है।

# हित

जब भी मन टटोला खुद को दुविधा में पाया। पल में दिल करवट लेता और कुछ का कुछ करने की इजाजत भी देता, मगर खुद को अपने ही विचारों में उलझते हुए पाया और अगर निकलने का समाधान न मिला तो उस विषय पर ही पूर्णविराम भी लगाया। फिर भी हार दुख का ही प्रतीक है। जीने के करीब जाकर भी खुद को बदलना पड़ा जो शायद दूसरों के लिये हितकारी होगा। कोई अफसोस भी नहीं। प्रतिष्ठताओं की स्वाभाविकता और अपने कई कामों को स्थगित कर दूसरे के चेहरे के भाव से भी संतुष्ट होता है मन।

# आकलन

इस संसार का सार और विस्तार यही है, अगर इंसान पसंद है तो उसकी हर अदा, हरकत अच्छी ही लगती है। मगर अगर इंसान पसंद न आये तो वही आदतें सब बुरी लगती हैं, ये बेईमानी ही तो है, चेहरे का सरूर कायम है और कायम रहेगा, ये भी मानती हूं। ये जिंदगी का पहला सच है और रहेगा। चेहरे का आकलन आज भी सीरत की उपेक्षा ऊपर ही है और रहेगा। उसकी हद भी सीरत के करीब और अपनाने तक ही की है।

# आधार

क्या मुझे तेरी जरूरत है या मुझे लगता है। क्या ये भी तेरी समझ से परे है, मुझे क्यों ऐसा अनुभव हुआ है। अजीब करवट ली है वक्त ने। वक्त भी बड़ा हरजाई है, जो सताता अपनी ही सुइयों को बार-बार है। चलो ये भी चमत्कार ही तो है, चक्र भी वही का रहता है, मगर अनुभव दिलों को अंजाम तक पहुंचाता है, ये भी वक्त ही के है ऊपर। क्या जिंदगी का आधार है, आघात आधार की ही देन है। जिसे वक्त पर निश्चित किया जाता है और इंतजार रहता है कभी तो बदलेगा वक्त हमारा। यही विश्वास कायम रहता है, क्योंकि वक्त से जीतना नामुमकिन होता है।

# सब्र

एक इंसान की चाह और उसी की बेरूखी का सैलाब यही तो मझधार की है दलदल जिस पर दिल खुद भी है शर्मसार। बदलेगा प्यार हमारा कभी न कभी, यही इंतजार बाकी रह गया। इंतजार की भी हो गयी अब इंतहा, जो सब्र तोड़ने लगी है। बस संयम बना रहे, यही दिलासा खुद को दे रही है। यही तो डर बेबाक है। न जाने क्यों सजदा और सम्मान में यही तो फरक की दीवार है। साजिश शैतान से जोड़ी गयी और सम्मान मान का आधार है। सात फेरों का भी अजीब कारोबार है, फिर भी फलता-फूलता दिन-रात है। ये भी गहरा राज है, जो दिल की गहराइयों से दूर है, मगर मुस्कुराहट उसका हथियार है।

# आह

गर सकून खो जाये तो क्या जिया जा सकता है। दिमाग की हलचल न थमें तो क्या रवैया होगा, सारा आलम बोझ सा लगेगा। फैसला आप पर ही  है। चैन चिल्लाने से मिलता है नहीं, कुछ देर की राहत शायद जरूर मिलती है। जब आखिरी आह थक कर चूर हो जाती है तो थोड़ी बहुत शांति भी मिल ही जाती है। हर इक का अपना-अपना तरीका है, अपने को संतुष्ट रखने का। अंदर रखी हुई हर चीज़ जब दिल में गलने लगती है तो उसको स्थिर करने के लिए मोहरा हम अपने अधीन या जिन पर बस चलता है, उन्हीं को बनाते हैं।

# फर्ज

दिल का कारोबार बढ़ा ही नहीं, कोई मिला जो नहीं। उम्र गुजार दी हमने अपने हमसफर को खुश रखने में, हमारी उम्र ही कम हो गयी ये सब करने में, ये भी इत्तफाक है। गम ये भी बड़ा उदासी से भरा है। दिल से दिल नहीं मिलता तो आजमाया नसीबों को जाता है। नहीं कर सके हम अपने फर्ज को भी खुश, यहीं से तो वफाओं का शुरू होगा दारोमदार है। एतबार रब का है खुशी को खुशी से जीतना नहीं मुश्किल, में हमारा अंदाज है। कोशिश को सफल करना हमारा ही आगाज है। सुनाया सबको नहीं जाता ये डोर भी गांठों से भरी है। जरूरत अंत में पड़ती सभी को इसकी, सबको इसका अंदाज है।

# क्षण

दिमाग एकतरफा नहीं लगता कई बार हमें ऐसा क्यूं लगता है, दिमाग का संतुलन बिगड़ने लगता है। वजह खुद को भी नहीं पता होती, क्योंकि कई गुत्थियां जो लुप्त हैं, उजागर होने के लिए हमें धक्का देती हैं और वही धक्का हम दूसरों को भी देते हैं। बुरा बनने में हमें एक क्षण भी नहीं लगता। उसी बुरे क्षण की कीमत हमें सारी उम्र भरनी पड़ती है, मगर ये व्यावहारिकता है। हर इक में है न जाने क्यूं, फिर भी दूसरों के कंधों पर बंदूक रखना हमें किसने सिखाया खुद ही से पूछते हैं।

फिर दोबारा हरकत हम बार-बार करते-रहते हैं क्यों?

# उधार

आपके अधीन आपके अपने ही होते हैं। जिन पर हमारा चरित्र सही मायने में उभर कर आता हैं। बाकी तो सब नाटक है, जो इस धरती रूपी स्टेज पर नाटक करके हर कलाकार चला जायेगा। कभी-कभी तो ऐसा लगता है, जिंदगी को उधार में लिया है। फटाफट जीवन पूरा हो जाये, ऐसा क्यूं लगता है। दुख तो इसी बात का है, ये ढोंग हमें अपनों के बीच ही रहकर करना पड़ता है।

करना कराना ही नियति है, जो मर्यादाओं के अंदर आती है।

# वार

अरमान तो सारा जहान पाने का था, मगर पूरा नहीं होगा ये भी मान लिया था। ऐसी कशमकश में दिल न जाने कितनी बार फंसा है। सोचा कुछ होता है, होता कुछ और है। अगले पल क्या होगा कौन जानता है। बैठे-बैठे इंसान ईश्वर के पास भी जाता है। हैरानी होती है, मगर सत्य है, सबको जाना है। मगर विलम्ब में भी भलाई ही होती हैं यही तो समझना दुविधा और हताश का काम करती है।

# नियति

आज जुड़े हैं, हम न जाने किस-किस से क्या कहूं। अपने नहीं बेगाने हैं ये। सौ बेगानों में से कोई अपना एक ही तो होता है, शायद यहां भी इंतजार है। कोई नहीं विचारों का मिलना आज की ताकत है। अभी-अभी दिल धड़कना शुरू हुआ है, जिससे घायल हुआ सारा संसार है। क्या ये भी नियति का फरमान है। तमाशा अपने ही अपनों का बजाते रहते हैं, फिर भी निभ जाते हैं। कोई अंत नहीं किसी जुबां से निकले अलफाजों का। हकीकत में बदलना वही तो वक्त खराब सदियों पुराना जुमला।

# शिकंजा

दुनिया किसकी है, ना तेरी ना मेरी है। फिर भी कहलाती अपनी है। अजीब सा अजूबा है, मगर दस्तूर है। दिन-रात है, जबकि हर रिश्ता अपनों से ज्यादा परायों का कर्जदार है। है अजीब सा सत्य, लेकिन कौन करेगा इसको इंकार। यहां फैसलों का फैला सख्त से सख्त शिकंजा हर तरफ है, जिसमें न कहने न निकलने का दस्तूर भी लाजवाब है। हर मजबूती इसी सबूत की कायल और कर्जदार है। तभी तो कर्ज उतारने का इंतजार है, जिनको पूरा करने का चलन आज भी बरकरार है। जिसको महसूस करना दोनों तरफ से वास्तविकता का आधार है।

# प्यास

भाग्य में कोई नहीं है, ये मान लिया था हमने। क्या करते बस हर सलवट को मुस्कुराहट में बदल लिया था हमने। इसी में खैरियत सबकी बरकरार है। प्यास पानी से बुझती है, लेकिन आंखों की प्यास जिस नजारे को तरसती है, वही क्यूं दूर होता बार-बार है। ऐसा क्यूं होता है प्यार का प्यासा, प्यार को तरसता, नजर में बसाने के लिये दीदार को तरसता है।

# दीवार

तेरे मेरे बीच में दीवार का क्या काम, दुनिया तो है बेलगाम, क्यूं करता है तू मुझे बदनाम। अक्सर वार बेकसूर पर ही क्यों होते हैं। शायद ये दस्तूर भी सृष्टि की ही धरोहर है। साथ मिलना जरूरी है। अपना या बेगाना नहीं, बात निभाने की है। जो निभाता कोई-कोई है। साथ सब कहानियों, सब दस्तूरों, सारी प्रथाओं से बहुत दूर है। परछाई सिर्फ दिल में बैठे एक अपने की है। नहीं चाहती किसी और की छाया पड़े उस दिल पर। दिल को रखता वो तभी परदे में हर बार है।

# बेरूखी

पानी पर तस्वीरें कभी नहीं बनती। गीली तस्वीरें सूखा क्यों नहीं करती। कौन किसके लिए जीता है। ये भी वहम का पहला किस्सा है। जबकि हर किसी को किसी ना किसी की आस है। महफिलें वीरान हो जाती है, जब प्यार बेरूखी से करता वह बाट-बाट है। भावनायें भी उसी के सामने दम तोड़ती है, फिर भी वो गरूर से सराबोर है। अजीब रिश्तों की अजनबी डोर बंधती तो एक साथ है। मगर समझने में लग जाती  बहुत देर है। ये भी जीवन का पहला और आखिरी पड़ाव है। गुस्ताखियों पर भी उसे कहाँ एतराज हैं।

# प्रवृति

इंसान की प्रवृति क्या हवा के रूख के समान होती है। कौन जान पाया इसका उत्तर है, क्योंकि वो खुद भी नहीं जानती कि हवा कब आंधी का रूप ले लेगी और किस ओर बहा ले जायेगी। क्योंकि हवा का वेग जाने बिना क्या ये मुमकिन हो पाया है कि वो जान लेवा भी हो सकता हैं और बिन वेग के ये कैसा तेज है। जो हवा को भी बताये बिना हमारी जिंदगी का हिस्सा बन जाता है। मगर फिर भी नहीं बदलता रवैया वहीं थम जाता है। सब न जाने किस रूप में क्या बचायेगा, क्या खोयेगा।

# मायाजाल

मजबूरियां कहानियां बयान करती है, जबकि कहानी में भी मजबूरी ही मिली होती है। इसमें क्या सच्चाई का ही तड़का होता है। जिनको समझना उम्र के तकाजों का पूर्ण-विराम है। प्यार एकतरफा भी होता है, जिसमें अपने ही हमराज का राज है जो बिन राजो के हमारे औचित्य को कायम रखते हैं। प्यारे-प्यारे रिश्तों के एहसानों का एक जख्म नासूर में बदलने लगता है तभी मौन छा जाती है। ये भी एक नहीं कईयों का मिजाज है। फिर भी दिखता परायों का साथ-साथ हैं।

# संवेदना

संवेदनाओं का काल वक्त का ग्रास बनता है, इसमें कोई झूठा या बनावटी फसाना नहीं होता है। दुनिया जानती है, कौन, किसको, कहां इस्तेमाल करता है, ये भी तकदीर का ही तराना लगता है। कभी हंस कर और कभी रोकर गाता है, मगर हंसते-हंसते रोना आ जाता हैं, क्योंकि अपने बस में कभी-कभी कुछ नहीं भी होता है। मगर सामने वाले को आडम्बर क्यों लगता है। ये भी मेरी समझ नहीं आता है। कारण खोजेंगे नहीं मिलेगा कोई न कोई एक ऐसी पहचान चरित्र को बयान जरूर करती हैं और उसी पहचान या चिंतन अपने-आप को भी कुछ दे पायेंगे।

# उधेड़बुन

समय कट भी जाता है और बीत भी जाता है, अजीब वाक्य है, लेकिन सच है। समय ही तो है, जिनको काटने के कई बहाने आते हैं। दिमाग में कई दिन-रात हैं, फिर भी समय का बदलाव हमें दर्शाता है सुरूर कोई भी हो समय एक सा नहीं रहता। याद दिलाता है हमें यही एक ऐसा तकाजा है, जो हमें प्रेरित करता है। कुछ आगे की सोचकर मन के अंदर कई उधेड़बुन से जूझता है। दोनों ही वक्त काटने के जरिये हैं, जो होते जरूरत से ज्यादा इस्तेमाल है। जिसे हम  सुने अपनी मर्जी से चाहे न सुने, सवाल तो याद दिलाता है हर बात है। दोनों ही जरूरी है। वक्त का यही मजा तो वजनदार है।

# लाचारी

कभी शोर कभी तन्हाई और गम की तभी आंधी भी आई। कितनी लाचार और बेबस थी जो बिन कहे। मेरी क्या किसी न किसी की जिंदगी में जरूर आयी। अकस्मात् चेहरे के भावों का परिवर्तन की सारी कहानी याद आई। लेकिन बेकरारी, फिर भी तन्हाई ही न देख पाई। क्या इंसान को इंसान की प्रवृति समझने में इतना समय लगता है। यही बात मेरी ही समझ में अब तक क्यों नहीं आई, आप भी समझने की कोशिश कीजिएगा।

# ख्वाहिश

जिंदगी में दो पल की आस हर इक को होती है। इक पल जो मिलता है और दूसरा जिसको पाने के लिए इच्छा रखता है। वक्त के अंत तक इच्छा पर भी हमारा हक होता है। अच्छा लगता है। कोई ऐसा खुशनसीब होता है, जो दो पलों के साथ जीता है और अंत तक बना भी रहता है। जीवन में कभी कुछ पूरा नहीं होता, क्योंकि वो भी नियमबद्ध होता है। इसलिये आस की अग्नि, क्योंकि उसकी तड़प में इतना तेज होता है। उसे आग को सामान्य करना पड़ता है जब कुछ मन चाहा नहीं मिलता, अंतिम समय तक वही फरियाद लबों पर रहती है।

# हैरानियत

जब से जाना क्या है जीवन, जीवन बना संयम। जिसका नहीं कोई हिसाब, फिर भी चलता बिंदास है। जीवन की जीवनशैली में हैं, थोड़ा बिखराव, ठहराव, संयम, असमंजस पड़ा है। फिर भी खाली ये जहां नहीं है, कोई किसी के साथ जो है, दिलों की बात कौन पहुंचाता है। यही तो दुविधा की बात है। अंदर की खुशियों से निकल कर रख दिया कलेजा, फिर भी कहता है, मैं हूं अधूरा।

चलता रहेगा यूँ ही साहिलों का सफर। किनारों पे पहुंचा तो आधा-अधूरा भी पूरा हो ही जायेगा।

# दोराहा

जागेंगे अरमान, क्योंकि सोना उनकी आदत नहीं। जीने और मरने में फरक फिर होगा कहाँ? अरमानों के दायरे और पनपेंगे यहीं कहीं। सामने मंजिल के फसाने, तराने, तभी तो संपूर्ण होने की आशंका भी ब्यान करते हैं या अधूरे रहने का जायजा भी। अधूरा रहने की जरूरत क्या है। आप कहां जाकर खुद को संतुष्ट करते हैं, ये आप ही पर तो निर्भर करता है। ये वो अनिश्चित काल है, जब इंसान खुद ही पे और खुद ही से प्रश्न पूछने पर मजबूर हो उठता है। जिंदगी रास्ता मांगती है, मगर दोराहे पर आकर न जाने क्यों कभी-कभी एक सी हो जाती है।

# दरमियान

कभी चाहा था अपनों को मांगने के बाद, कुछ ना मांगेगे फिर रब से, क्योंकि अपनों में ही रहकर अपनों का प्यार मिलना बड़ा ही शानदार इत्तफाक है, जो जहां को नहीं मिलता ये भी एक सत्य है। जिसके साथ होता खिलवाड़ है, लेकिन यहां भी थोड़ा-थोड़ा ही रह गया खाली स्थान और जो भरा था, बिखरता गया। जीवन को पूरा करने के लिए शायद बिखराव आवश्यक है। सब कुछ होने के बाद भी नजरें तलाशती हैं, अपने किसी को जिसमें क्या हो हमारे जैसा ही व्यवहार हैं। अपनों के बीच अकेला है मन, यही मन तो दुनिया और मेरे बीच दरमियान हैं।

# तामझाम

तामझाम दुनिया में क्या कम होते हैं, नहीं। ये सिर्फ वहम् के प्रतीक होते हैं, क्योंकि इनकी उपस्थिति हर इक क्षेत्र में अनिवार्य हैं।  इसके आदमी का चरित्र भी बेकार है। जी हां, यकीन करना मुश्किल है, मगर फितरत का सरूर जब सर चढ़कर बोलता है तो तामझाम ही तो कहलाता है। न चाहते हुए भी दायरे से बाहर, अनचाहे वाक्यों का लगता भंडार है। फिर उससे भागना कहां आसान है। कतार में रोज लगता है एक नया रिश्ता लाजवाब है, कुछ अपने मन और कुछ सिर्फ तकल्लुफ तक ही सीमित है।

# उफान

अरमानों का रंग फीका होता है, क्योंकि अरमान सिर्फ मन तक ही सीमित होता है, जब भी दिखता है कोई नई राह में तो उजाला तो अरमानों का ही बलिदान देता है। जिंदगी बिताने का एक सस्ता माध्यम ये भी है, अपनों को पाने के लिए उसका साथ न छिन जाये या यूं कहिए मान-सम्मान बनाये रखने के लिए अरमानों को मारना आ जाता है। ये भी तिरस्कार का ही रूप कहलाता है। अरमानों को गलने में वक्त नहीं लगता, बिल्कुल अद्भुत फिर अरमानों का ही दिल से अंदर उफान लगता हर रोज है।

# मांग

जिंदगी जान से ही निकलने लगी थी कि फिर से मांग करने लगी कि क्या बिगाड़ा है तूने किसी का, ये तो अफसाना है सादगी का। तू कर ख्वाहिशें पूरी अपनी, परायों के लिए क्यों तू तिलमिला रही है। आधी ही तो पूरी होगी या होगी भी नहीं कौन जानता है। पानी के बुलबुले की तरह दिल में उथल-पुथल हो रही थी, मगर आंखों के पानी से न जाने क्यों वो अंजान थी। सिमट गयी हर ख्वाहिश बस पूरा होने के इंतजार में, इंतजार करने लगी हर आंख की ख्वाहिश है।

# काश

कभी कहीं अपने प्यार को भी हमारा हमसफर ही हमारा हमराज बन सकता और हमकदम बन सकता है। मगर कुछ सिलसिलों का अंत अनिश्चित होता है। अंत तक अधूरे काश कुछ खास इक हमराज ही बना पाता है। जो जिंदगी अपनी को जान बना लेता है। जो भी शामिल कर लेता। कितनी आसान हो जाये। पति-प्रिय, ननद -सहेली और सखी-सास बन जाये और सबसे प्यारा दोस्त ससुर कहलाये या हमारी सुरक्षा के प्रतीक कहलाये। बस काश कल में ही फूला रहता है और आज में शामिल नहीं किया जा सकता सच तो यही है।

काश काल की उत्पीड़ित होकर ही फल की आस में जीता है।

# सीख

ज्ञान किसको क्या दे सकता है, अपने आप ही आ जाता है। ज्ञान का कोई गुरुमंत्र या अंत निर्धारित नहीं है। किस बारे में, किसके लिए, क्यों, मगर ज्ञान है आवश्यक। हर इक लेना-देना होता है और हर इक को जरुरत भी होती है। ये जीवन चक्र सीखने की उम्र का प्रतिरूप है और सीखने की कोई उम्र नहीं होती। हर रोज कोई न कोई हानि या कुछ सवाल ऐसे जो हमें अपने आप जवाब देते हैं और चुप रहकर हम उसे सुनते भी हैं।

निर्धारित समय पर ही अपने आप उजागर होते है।।

# वाणी

खिलवाड़ क्यों होता है क्या दुनिया को रत्तीभर इसकी परवाह नहीं है। जब खुद का तीर खुद ही को लगता है तो कैसा महसूस होता है। किसी को वाणी से मारना कितना आसान होता है और मारने वाला कितना बेरहम होता है। जबकि इसको सहन करना हर इक का काम होता है। जब मरहम अपना काम करना छोड़ देती है तो सोचिए उस ज़ख्म का इलाज कैसे होगा हो भी गया तो निशान छोड़ ही देगा।

सौ शब्दों को शब्दहीन न बनने दें, तिरस्कार हमारी वाणी का ही होगा। वाणी सरस्वती की बख्शी हुई देन उसकी इज्जत करना हमारा कर्तव्य है।

# अंधा

अपनों पर भरोसा करना आपकी व्यावहारिकता है। अपनों पर ही लांछन लगाना आपकी नैतिकता है। नजर का हेर-फेर है, जो पल में किसी को देखता है और पल में किसी को शैतान भी बना देता है और चंचलता आपकी स्वीकृति दर्शाता है। दूसरों की बातों में आकर खुद ही से खफा हो जाता है और अंधा बना रहता है। वहम का ऐसा चश्मा पहनता है, जिसको उतारने की कोशिश तक नहीं करता।

ये विडम्बना भी उसी का रूप है, तभी तो अपनों को पहचानने से इंकार कर देता है। दुनिया क्यों है ऐसी, क्या ऐसी ही रहेगी।

# क्यों

गृहस्थी का सारा दामोदार क्या औरत पर ही होता है। नहीं ये सबको पता है, मगर औरत किस पर भरोसा करती है। जिसकी खातिर वो सबको छोड़कर आती है, क्या उसकी भावनाओं को अनदेखा और प्रताड़ित करना गुनाह से कम नहीं होता। क्यों विचारों के और सुनहरे लम्हों की बलि चढ़ाता रहता है। प्यार उमड़ता है, मगर खुद को देखकर सब शिथिल और शांत हो जाता है। क्यों....क्यों....क्यों...!

इस जगह 'क्यों' अहम और सशक्त रहता है।

# प्रेरित

सफल होकर भी असफल क्यों लगते हैं। उस पर तारीफों के पुल जो बंधते है।। जो हमें अच्छे भी लगते हैं और आवश्यक भी होते हैं। आगे बढ़ने के लिए प्रेरित भी करते हैं। फिर बखान करने से क्यों झिझकते हैं। इक छाप हम भी छोड़ना चाहते है।। मर कर हम भी जीना चाहते हैं। दुनिया अपनाये या न अपनाये ये हम नहीं जानते। आगे बढ़ने के लिए प्रेरित करने वाले बहुत ही कम होते हैं।

# धरोहर

प्यार वफा की धरोहर है, गहरा समुन्द्र है, जिसमें सीपियों सी सी छोटी-छोटी खुशियां है और उन्हीं खुशियों को अपनी मंजिल तक पहुँचाना यही तो प्यार है। यही जीत को सलाम भी करता है। जो समुन्द्र तले न जाने कितनी अड़चनों से बंधी होती है। फिर भी आस की ज्योति मन में रहती है, इसलिए कभी मैली नहीं होती। प्यार पाक है, चाहे कितने ही कटाक्षों, कठिनाइयों से ग्रस्त होता है, मगर जीत ही जाता है।

'प्रेम शाश्वत है
प्रेम शस्त्र है
प्रेम अंतहीन है
प्रेम अमर है।'

# कल

कुछ पल के लिए आंखें बंद कर ली और खुद को खोजने लगी। अंधेरे में अच्छा लगा ये खेल अपने संग खेलने में। फिर अचानक वही आवाज़ें, वही दिनचर्या खुद ही आ गये हम अपनी बनाई हकीकत में। अचानक जागे तो पाया सारा किस्सा था ख्वाबों में। चलो अच्छा है। कुछ देर और ही सो लेते अनजाने में। बस उठ गये कदम अपने काम करने में। कुछ बीता अलग इसलिए बताया आप सभी को हमने।

# तराजू

जब कुछ विचार आपस में झगड़ते हैं तो दिमाग का तराजू डावांडोल होने लगता है। कशमकश इसी का उदाहरण होता है। जिससे निकलने में वक्त लगता है और यही प्रश्न उसी उत्तर पर आकर फिर रुक जाता है और निसहाय सा अपने ही ऊपर हैरानी भी होती है। बेवजह, बिन वजूद की बातों को तूल देने का अंजाम अपने को ही मंहगा पड़ता है। देर ही सही सब प्रत्यक्ष होकर मानता है और मानना और कबूल भी करना पड़ता है और स्वीकार अपने आप हो जाता है।

# सपना

आओ कुछ पल संग जी लो हमारे भी। सुनहरे कल को सजा लो हमको शामिल करके भी, कुछ न बिगड़ेगा, हर सपना मुमकिन होगा। चलो इक झूठी तसल्ली को जीलो, कल का क्या भरोसा, तेरे कसूरवार हैं हम पता लगता है हमें तो सोच कर भी कांपता है मन। शरीर का कारवां इक झूठ और इक सच पर टिका है। दो ही रूपों में अलंकृत हैं ये संसार जो पीछे के सच से ढला होता है, फिर भी रूप से है चमकदार।

# शाश्वत

सागर में कभी पानी की कमी होगी न हुई है, न होगी। नदी, झरने हमेशा हिचकोले ही लेते रहेंगे। कुदरत के खिलाफ ये भी न जायेंगे। फिर भी दुनिया इसी तरह चलती रहेगी। दुनिया भी इसी तरह की है। 10 लोग जन्म लेते हैं तो 10 मरते भी हैं। जन्म भी शाश्वत है और मृत्यु भी। जो एक सत्य है, फिर क्यों तेरा-मेरा, कानाफूसी, चुगली, सोच कर ही घृणा होती है और दर्द भी। फिर भी जिंदगी चलने का काम है। चलती रहती है और निभ भी जाती है।

# शून्य

जिंदगी शून्य थी, शून्य है, शून्य ही रहेगी। जिंदा रहेगा सिर्फ आपका औचित्य। वो भी अगर आप महत्वपूर्ण बनाना चाहे तो ये भी एक विकल्प है तकदीर का फैसला और तकदीर ही के साये में तमाशबीन इंसान ही होता हैं, जो मात्र कठपुतली कहलाता है। समय के हाथों इंसान मजबूर होता है। वक्त सभी समस्याओ का समाधान है, सो फैसले जो आपसे संबधित, किसी भी वातावरण को अर्थहीन, बोझिल करे तो सौंप दीजिए खुद को वक्त की शरण में। अपने आप समाधान मिल जायेगा।

# आकलन

आवाज का आकलन सिर्फ उसके व्यक्तित्व का अक्श है, मगर सीरत का आर्कषण सबको पागल करता है। ये सामान्य है, सभी जानते हैं। दोनों चीजों का मिलना कभी-कभी असंभव है और सामान्य भी। यही हकीकत है। अगर सुंदरता और सीरत का महत्व न होता तो सीरत का बाण कभी सूरत पर हावी न होता। जो एक ही बार में कई लोगों को लुभाई जा सकती है। मगर अपनाई नहीं जा सकती। फरक है समझ गये होंगे, आप सब भी।

# कारावास

छोटे-बड़े का लिहाज़, शब्दों का मोल-तोल कर उन्हें फिर से सजाकर उनमें भावार्थ ढूंढ़ने का राज। बिन गलती झुकने का अंदाज, अपने ही दिमाग से लड़ने की सजा, सब इत्तफाक नहीं होता, निश्चित नहीं होता, चेहरे के भावों का अलग-अलग रंगों से खिलवाड़, औपचारिकता नहीं तो और क्या। सब बकवास है, कोई किसी को समझने को तैयार नहीं, बेमतलब पैसा कमाने का गरूर, दूसरों के लिए अपनों को ही दांव पर लगाना, बहुत कुछ ऐसा है जो दफन और खत्म करना  लाजमी है। जानते है नहीं होगा। क्योंकि ऐसी गलतियों में हम भी हैं, मैं भी आती हूँ। गलती और गुनाह में फरक करते-करते जीवन रूपी कारावास भर भी जाता है।

# समागम

झूठ-सच का आंगन, वक्त का मलहम, एहसासों का समागम, सुरों का तकाजा, सरगम सी लहरों में, नाचती-गाती लहरों का मिलन, सब कुछ कुदरत का बख्शा हुआ, तोहफा जो हमें अमूल्य और अंतहीन मिला है। सैंकड़ों रूपों में, फिर भी धरती का प्यासापन, बादलों का कालापन, चुनौतियों का रूखापन और शब्दों के अकेले चलने का चलन फिर भी पाक दामन और सुबह की लाली का सैलाब, किरणों की भीड़ रहे घर के आस-पास, ये भी सारी कायनात खुदा ही की है। छूटने ना पाये, सुबह होने के कारणों से लेकर राते के अंधरे का काला सच, अब सुधर सकता है और सुधरेगा भी।

प्रकृति कभी बनावटी नहीं होती। ध्यान से निहारो। हालात हानिकारक होते हैं इंसान नहीं।

# हस्ती

अंधेरा आंगन की हस्ती होती है जो रात के काले साये में से छनकर सारी बुराई ले जाती है और सुबह की किरणों में धूप उन सभी को महफूज भी रखती है, जिसकी तपिश में तपकर हर रिश्ता, हर आंगन को अपनी-अपनी दास्ताँ होती है। हालात कैसे भी हों हलक में आकर संकेत भी देते हैं और अटककर जता भी जाते हैं। जान हालातों पर हावी नहीं होती, हालात जान को दिल में बसाकर उस पर राज करता है। सब सुबह आता है नजराना बनकर, मगर नजर का ताज कभी दिल से जुदा नहीं होता तभी तो दिल पर राज करता है हमराज़।।

# हसीन

हंसना हसीन राहों का संगम और मिलन होता है। हसीन हालातों की सुंदर हकीकत, जो हंसाकर जंग और भी हसीन कर देती है और वातावरण खुशनुमा बनाती है और खुशी की वजह बनती है, जिसके लिये हम हमेशा तरसते हैं। मज़ाक मजा बनकर हंसाता हैं और मन की उन्नति की ओर सम्मान के साथ ले जाया जाता है। तभी हंसी भी मेहरबानी करती है, जिसे हम स्वीकार भी करते हैं और अपनी जिंदगी से जोड़ भी लेते हैं, क्योंकि हंसी का मौका हंसने के लिए होता है।

छोड़ना भी नहीं चाहिए न आपको, न मुझे।

www.ingramcontent.com/pod-product-compliance
Lightning Source LLC
LaVergne TN
LVHW060458051026
849518LV00002B/808
*9788128834196*